웅크린 나에게	식물이 말을 걸었다

나무처럼 단단히
초록처럼 고요히,

뜻밖의 존재들의
다정한 위로

웅크린
나에게

식물이
말을
걸었다

정재은 지음

앤의
서재

날마다 두 계절을 오가며

우리 집엔 두 개의 계절이 머물고 있습니다.

하나는 늘 푸른 초록의 계절이고,

하나는 꽃이 피고 지고 잎이 피고 지는 나무의 계절입니다.

나는 행운처럼

변하지 않는 계절과 새로워지는 계절을

매일 동시에 바라보며

오늘을 지켜가는 마음과 어제를 내려놓는 용기를,

뿌리의 시간과 발아래 드리운 그늘의 의미를,

돌봄으로써 보살펴지는 관계를 배워갑니다.

오래전부터 식물은 내 옆에 있었지만,

식물이 건네는 말에 귀를 기울이게 된 건

사실 얼마 되지 않습니다.

이제는 완전히 벗어났다고 믿었던 터널 속을

여전히 걷고 있음을 깨달은 어느 날,

터널에서 울고 있는 내게 말을 건넨 것이 식물들이었지요.

잎들이 자신의 초록을 드리워 나의 회색을 씻어주었고,

나무들은 빈손으로 돌아가야 하는 시간에 대해

다독여 주었습니다.

그렇게 삶에 그들이 들어온 후에야

다시 빈손으로 돌아가

깊어지는 나무와 지금의 모습으로 이겨내는 초록을,

눈부시게 시작하는 나무와 조금씩 나아지는 초록을,

함께 바라볼 수 있게 되었고 이해하게 되었습니다.

그들과의 관계가 무겁도록 진심이 된 후에야

한결같도록 힘써야 할 나의 초록을 헤아리며,

나의 속도대로 피고 지는 법을 배워가고 있습니다.

그리하여 더는 부끄럽지도 쓸쓸하지도 않은 나의 계절을,

조금 더 단단하고 산뜻해진 나를,

다시 기대하게 되었지요.

돌아보면 많은 순간, 뜻밖의 존재에 힘을 얻고
용기를 찾았음을 깨닫습니다.
우리는 혼자 견디고 있는 듯하지만,
혼자이기만 한 순간은 없는지도 모릅니다.
아무 상관 없고 아무것도 아닌 존재들에조차
위로를 받으며 힘든 날들을 지나고 있는지도 모릅니다.
그러니 지친 마음을 기댈 곳을 찾는 우리에게
분명 식물이 말을 건네는 순간은 찾아올 것입니다.
우울한 하루에 초록을 드리워주고,
환한 미소를 보여주는 날들이.
그렇게 우울을 씻고, 따라서 웃어보는 날들이.

그날들을 하루쯤의 위안으로 넘기지 말고
꼭 붙잡기를 바랍니다.
식물과 제대로 친구가 되어본다면,
삶에 식물을 깊숙이 들인다면,
웅크리던 겨울이, 실감되지 않던 봄이,
지치는 여름이, 쓸쓸하던 가을이,
그 의미로 깊어지고 이해되어

삶이 조금은 따뜻해질지도 모릅니다.

그런 날들도 사랑하게 될지도 모릅니다.

모든 계절을 담담히 걸어갈 수 있을지도 모릅니다.

그리고 이왕이면 하나씩이라도

초록 식물과 나무를 함께 들이길 권합니다.

두 계절을 동시에 바라보는 삶은

분명 좀 더 특별하니까요.

목차

1 장.
변함없는 × 깊어지는, 겨울

"불안하고 흔들리는 순간에도 곁을 지키는 변함없는 것들에게"

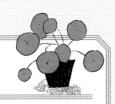

2장.

나아가는 × 피어나는, 봄

"나는 나로서, 너는 너로서 우리는 이미 아름답다"

3장.

더해가는 × 짙어지는, 여름

"저마다 다른 제목으로 기록될 모든 날들을 위해"

4장.
지켜가는 × 비워내는, 가을

"그렇게 잎의 수를 세며 행복해하는 사람이 되었다"

1장.

변함없는

×

깊어지는,

겨　울

"불안하고 흔들리는 순간에도
곁을 지키는 변함없는 것들에게"

잠깐의 해를
흘려보내지 않는

까
닭

겨울엔 정오가 지나 아주 잠깐 집 안으로 해가 든다. 그 시
간이 매우 짧아 자칫 딴짓을 하다가는 지나치기 일쑤다. 하
필 내게 선택되어 유난히 춥고 우울한 겨울을 보내야 하는
초록들에겐 이 시간이 유일한 즐거움일 테니 놓치지 않도
록 주의해야 한다.

"해 들어온다."

한 톤 높은 목소리로 반갑게 말을 건네면, 그것들은 '산책'이란 말을 들은 반려견 봄처럼 꼬리라도 흔들고 있는 것만 같다. 나는 추위를 피해 거실 안쪽에 들여놓은 초록들을 해가 드는 긴 창 앞으로 부지런히 옮긴다. 이 일은 봄이 산책과 더불어 오후에 꼭 해야 하는 일 중 하나가 되었다. 무거운 도자기 화분에 흙도 수북이 담은 탓에 매번 들어서 옮기는 일이 힘에 부치기도 하지만, 그렇다고 이런 일들에 수고로움이라는 말을 붙이긴 미안하다. 처음엔 내가 데려왔으나, 지금은 이것들이 나와 살아주고 있다는 생각이 들기 때문이다. 쉽게 실망하고 포기하는 나를, 자주 무기력해지고 그리하여 무심해지는 나를, 살기에 만만치 않은 우리 집 환경을 참아가면서 말이다.

우리 집은 겨울이면 좀 우울하다. 일단 집이 춥다. 내가 좋아하는 한수희 작가가 '추운 집에 사는 여자'라고 자신을 소개한 적이 있는데, 아마도 우리 집에 오면 자기네 추위는 아무것도 아니었다고 말할지도 모른다. 우리 집이 추운 데는 몇 가지 이유가 있다. 단독주택인 데다, 집을 고칠 때 단열에 크게 신경을 쓰지 못했다. 돈 때문이기도 했고,

집이 몹시 작기 때문이기도 했다. 1~2센티미터 차이로 침대 매트리스를 놓을 수 있느냐 없느냐 하던 상황이라 10센티미터짜리 단열재 같은 건 생각할 수도 없었다. 그래놓고는 거실에 3중으로 된 창호가 아닌 폴딩도어를 설치했다(물론 유리는 3중이 아니다). 봄부터 가을까지는 폴딩도어를 활짝 열면 2미터도 채 안 되는 좁은 거실이 탁 트여 너무너무 좋은데, 확실히 겨울에는 춥다. (뭐든 다 가질 수는 없는 법이니 세 계절의 호사를 위해 겨울의 추위를 견디기로 한 것이다.) 게다가 2층집 사이에 낀 단층집이라 해가 낮게 뜨는 겨울에는 볕이 잘 들지 않는다. 이렇다 보니 겨울엔 춥고 어두워 우울하다.

우리 집이 초록 식물들이 살기에 좋지 않은 환경이란 걸 깨닫기까지는 몇 해가 걸렸고, 그사이 많은 식물이 죽고 말았다. 단지 물을 너무 많이 주거나 적게 주어 그런 줄로만 알았는데, 실내에서 사는 식물에게 물만큼이나 해가 필요하다는 걸 알고 슬펐다. 이 정도로 식물에 무지했으니 얼마나 많은 초록을 떠나보냈는지 짐작이 될 것이다. 그러니 지금 내 곁에 있는 초록들에게, 하필 나를 만나 이 고생을 하는구나 싶은 미안함과 이 겨울을 함께 견디어주고 있다는 고마움이 몹시도 클 수밖에 없다.

　여기저기 흩어져 있던 초록을 한곳에 모아놓으면, 새삼 집 안이 늘 초록빛 계절이었음을 깨닫는다. 내가 회색으로 가라앉아 있을 때도, 그래서 저들을 돌보지 않을 때도, 저들을 잊은 듯 밖에서 초록을 찾아 헤맬 때도, 저들은 자기들의 초록을 잃지 않으려 온 힘을 기울였음을 말이다.

　더 자라지도 새잎이 나지도 않지만, 이 상태를 유지하기 위해 얼마나 안간힘을 쓰고 있는지 모르지 않다. 어떤 날은 어제 같기만 한 날을 이어가는 것만으로도 꽤 많은 노력을 기울여야 한다는 것을 안다. 더 나빠지지 않음에 감사하는 날들이 있다.

　겨울처럼 결핍된 상황에서 정신을 차리고 보면, 행복에 민감해지고 아주 작은 것에도 감사하는 마음이 인다. 잠깐의 해를 흘려보내지 않는 것도 결핍 덕분일 것이다. 하루 한 가지 좋았던 일로 그 하루가 기억되길 바란다. 나의 초록들이 해를 기다리는 시간에 기대어 겨울에 지지 않길 바란다.

　"그날을 견디는 데 한 줌의 햇살이면 충분하잖아."

초록에게 하는 건지 내게 하는 건지 알 수 없는 혼잣말을 하며 그들 옆에 화분 하나쯤의 자리를 차지하고 앉아 같이 해를 쬐다가 잎에 쌓인 먼지를 닦아준다. 마주 보고 '그렇지' 하며 공감의 미소를 짓는 순간이다.

그럼에도
변함없는

것
들

그러니까 내가 터널 속에 있던 날들의 이야기다. 그즈음 시계를 볼 때마다 신기하게도 '이제 1시'였다. '이제'라는 말에는 늘 한숨이 섞였다. 그때쯤이면 얼마 되지 않는 일은 다 해놓은 터였고, 남은 것들은 중요하지 않다고 여기는 일들, 그래서 굳이 해야 하나 싶은 것들이 대부분이었다. 딱히 할 일도 없으면서 이상하게 그런 것들은 눈에 들

어오지 않았다.

시계를 본 건 일이 사라져 버린 시간들이 낯설어서였다. 무엇을 해야 할지 막막해서였다. 기다리거나 찾는 데, 고민하고 용기를 내었다가 포기하는 데 지쳐서였다. 남은 하루에 대해서도 삶에 대해서도 그랬다.

일단 불안을 모른 척하기로 했다. 모른 척이라면 자신이 있었다. 아무렇지 않은 척 다음으로 내가 가장 잘하는 일이니까. 이런 것들은 주로 겁쟁이들이 쓰는 보호색 같은 건데, 나로 말할 것 같으면 어릴 적부터 이 기술을 갈고닦아 왔다. 불안이 사라지기를, 불화가 그치기를 기다리며 아무렇지 않은 척, 때론 모른 척하기.

나는 여느 때처럼 굳이 컴퓨터 앞에 앉아 오후를 보냈다. 하지만 생각보다 불안해지는 마음을 모른 척하기란 쉽지 않았고, 그러느라 진이 빠져 사실 그 무엇도 하지 못했다. 글을 읽는 일도 쓰는 일도 집중할 수 없었다. 결국 쓸데없는 가십 기사를 훑다가 사지도 않을 물건들을 장바구니에 담았다가 중간중간 혹시나 하는 마음에 메일함을 확인하며 겨우 오후를 때웠고, 저녁을 준비할 시간이 되어서야 그곳을 벗어났다. 겉으로만 보면 여느 때와 다름없는 오후가 흘렀다. 아무렇지 않은 척을 하다 보면 정말 아무렇지 않아지는 순간이 있기도 하다. 이번에도 나의 전략이 성공하길 바랐다. 부디 아무도 눈치채지 못한 채 조용히 터널에서 나오게 되길 바랐다.

그런 오후에 지쳐갈 무렵, 거실 구석에 있던 아레카야자가 잎을 축 늘어뜨리고 있는 걸 보았다. 구석이라고는 하나 저녁나절이면 내가 시간을 보내는 곳이었고 집이 워낙 작아 구석이랄 것도 없었다. 그러니 아레카야자가 그렇게 힘을 잃고 있음을 알아채지 못할 리 없었는데, 1년 내내 성장이 멈춘 듯했고 지난가을 분갈이를 하다 뿌리가 제대로 내리지 않았음을 확인해 놓고도 돌보지 않았던 것이다.

그제야 춥고 어두운 1층 거실과, 내 마음처럼 소란한 집의 모습과, 한심한 나와, 그럼에도 변함없이 초록을 지키고 있는 식물들이 보였다. 중요하지 않다며 미뤄둔 일들이 결국 나와 내 일상을 돌보는 일이었다. 무엇보다 우선순위가 되어야 하는 일들 말이다. 무언가에 머리를 한 대 얻어맞은 듯했다.

victor

삶은 좀처럼 쉬워지지 않는다. 확실한 무언가를 붙잡은 것 같다가도 이내 빈손이다. 단단해졌다고 믿은 마음으로 자신 있게 써 내려갔던 문장들도 거짓이 되어버린다. 아마도 나는 불확실한 세계로 계속 밀려날 것이고, 혼란스럽고 막막해지는 순간은 어김없이 찾아올 것이다. 그렇게 삶은 불안하고 쓸쓸하게 흔들릴 것이다. 하지만 그런 순간들에도 내 곁에는 변함없는 것이 존재한다. 게다가 그 세계는, 내가 가꾸고 지킬 수 있다.

환하게 쏟아진 그 위로가 나를 터널 밖으로 끄집어내 주었다. 무책임한 나를 기다려주었다가 그런 말들을 건네준 것에 울컥했고, 쉽게 흔들리는 나의 세상을 반성했다. 그제야 무기력해져 내버려 두었던 마음을 건질 수 있었다. 막연한 시간을 걱정하고 용기를 돋우다 포기하느라 애를 먹던 마음을, 그저 오늘에 내려놓을 수 있었다. 아무렇지 않은 척 숨겼던 내 마음을 보듬듯, 늘어진 아레카야자를 정성껏 일으켜 세웠다.

그날 이후 1시는, 나와 식물들이 해를 기다리는 시간이 되었고, 그걸 시작으로 내가 초록을, 집안을, 일상을, 나를 돌보는 시간이 되었다. 그런 일들에 진심을 다하게 되었고, 나에 대해, 나의 내일이 아니라 오늘에 대해 깊이 생각하게 되었다.

변하지 않는 계절을 삶에 들인 덕분에 우선순위가 바뀌었고, 시간의 정의가 달라졌으며, 오늘을 대하는 나의 마음과 나를 대하는 오늘의 온도가 달라졌다. 이젠 마음이 오늘에서 벗어나지 않는다.

뿌리처럼 단단히,
초록처럼

고
요
히

달라진 오후 가운데 마당이 보이는 식탁에 앉아 커피를 마시며 앵두나무를 바라보는 시간이 있다. 커피를 무척 좋아하는데, 커피만 오롯이 마시며 그 향을 음미한 적이 없다는 것도 최근에 알게 되었다. 커피를 마시면서는 일을 하거나, 대화를 나누거나, 하다못해 생각에 잠겼다. 그런 내가 커피를 좋아한다고 말할 수 있을지 부끄러웠고, 좋아한

다는 커피에 제대로 시간을 내어 주지도 않았던 내가 한심했다.

그래서 요즘엔 커피를 내릴 때, 커피가 보글거리는 것도, 가운데에 깊이 우물을 만드는 것도 바라본다. 소위 '커피 물 멍'인 셈이다. 그러고는 친절한 커피 가게 아저씨의 말을 떠올리며 커피가 갖고 있다는 장미 향, 오렌지 향, 위스키 향 등을 느끼면서 머금고, 커피가 천천히 몸에 스미는 동안엔 마당 한편 작은 화단에 발 딛고 서 있는 앵두나무를 바라본다. '커피 물 멍'이 '앵두나무 멍'으로 이어지는 건데, 가지만 앙상한 겨울의 앵두나무를 매일 이렇게 바라보는 것도, 달라진 오후의 한 모습이다.

앵두나무가 있는 화단은 매우 작다. 좁은 마당임에도 욕심을 부려 화단을 만들어 그렇다. 그래놓고는 과연 나무가 잘 자랄 수 있을지 걱정했고, 그런 내게 화원 사장님은 "뿌리는 가지만큼만 자라니 가지치기를 잘해주어 뿌리가 제대로 숨 쉴 수 있게 해주면 된다"고 말해주었다. 그러면 뿌리는 제 크기에서 그저 단단해지는 법이라고. 뿌리가 단단해질수록 열매도 많이 달릴 거라고.

'초록 멍'
'나무 멍'

기회는
계절처럼
돌아오니까.

처음엔 겨우 자라난 가지를 잘라내기가 미안한 마음이 들었지만, 주저 없이 가지를 쳤고, 나무는 고요하게 깊어지는 시간을 가진 뒤 눈부신 봄을 맞았다.

잎도 꽃도 열매도 다 떨어진 겨울의 앵두나무는 쓸쓸해 보이기도 하고 볼품이 없기도 하지만, 그게 다가 아님을 안다. 나무의 삶은 정해진 대로 그저 네 계절을 반복하는 것 같지만, 그렇지는 않다. 어떻게 겨울을 보내느냐에 따라 다른 봄을 맞는다. 봄이 온다고 해서 무조건 꽃을 피우는 건 아니었다.

봄눈을 틔우고 짙어진 초록으로 무더위를 견뎠던 시간을 뒤로하고, 다시 찬란하고 소란스러울 날들을 위해 볼품 없는 모습으로 고요하게 깊어지는 시간을 갖는 나무처럼, 우리에게도 그런 시간이 필요할 것이다. 부지런하게 피워 낸 것들을 놓는 시간, 열심만이 답은 아니란 걸 아는 시간, 다음을 위해 틈을 두는 시간.

커피 향이 모두 사라질 때까지 나무를 바라보는 시간, 잔에 남은 둥근 선이 내 마음에 더해지는 시간, 그렇게 늘어나는 나이테를 세며 나를 믿어보는 시간.

'커피 물 멍'은 종종 '나무 멍'에서 '초록 멍'으로 이어지고, 이내 둘은 동시에 담긴다. 빈 가지와 선명한 초록. 보이지 않는 뿌리의 시간과 드러나 있는 잎의 시간. 단단해지는 마음과 지켜내는 마음. 두 계절의 모습은 확연히 다르지만, 이들이 내게 전해주는 말들은 다르지 않다.

여전히 나는 내가 품어야 할 초록이 무엇인지, 버려야할 가지가 무엇인지 헷갈린다. 욕망인지 소망인지, 욕심인지 진심인지 알 수 없어 그때마다 달라지는 대답에 한숨을 쉬는 날들도 많다. 하지만 초록을 지켜가는 일에도, 초록을 버리는 일에도, 다시 초록을 갖는 일에도, 기회는 늘 계절처럼 돌아올 테니 용기를 잃지 않기만 하면 되지 않겠느냐고 이제는 나를 다독일 줄 알게 되었다.

그래, 일단 불필요한 시간들을 잘라내고, 이렇게 나를 돌보는 시간을 채워 넣은 것만으로도 괜찮은 발전이다. 나무에게서 깊어지는 시간을 배우게 된 것만으로도. 초록에게서 변함없는 마음을 배우게 된 것만으로도. 나무처럼 뿌리를 단단히 키우다 보면, 초록처럼 고요히 기다리다 보면, 내년 봄은 아닐지라도 어느 해의 봄부터는 거듭 아름다워질 수 있지 않을까. 기회는 계절처럼 돌아오니까.

사랑하는 마음을
잃고 싶지
않
아
서

식물과는 이제야 좀 친해진 터라, 아직 모르는 게 많다. 그래서 이런 내가 식물 이야기(정확히 말하면 식물과의 이야기지만)를 해도 되나 싶었다. 무엇보다 잘 키워낸 식물보다 죽이고 만 식물이 더 많으니, 식물에 대해 말할 수 있는 기본자격부터 갖추지 않은 게 아닌가 하는 생각도 든다. 스스로 내 공간에 식물을 들인 시간은 무려 16년이지만, 어쨌든

지금 함께 살고 있는 초록 가운데 가장 오래된 것은 고작 4년이니, 정말 많은 초록이 내 곁을 떠나간 셈이다.

처음엔 대수롭지 않은 마음이었다. 벽에 걸 그림을 사듯 식물을 들였다. 책임감 같은 마음은 눈곱만큼도 없었고, 보기에 예쁜 초록을 사 들고 와 보기 좋은 곳에 두었다. 겨울엔 크리스마스 분위기를 낸다며 포인세티아를 샀고, 벽이 휑하다는 이유로 틸란드시아를 들였으며, 향긋한 물 냄새에 반해 지금은 이름도 기억나지 않는 초록을 데려왔다. 미세먼지가 심한 봄엔 공기정화식물 추천 기사를 보다가 혹했고, 전자파를 차단하라며 모니터 옆 구석자리에 스투키를 두기도 했다.

식물은 나와 함께 살아가는 대상이 아니라 나의 필요로 사들인 물건이나 다름없었다. "외로운데 반려견을 입양해볼까?" 하는 친구에게 정색을 하며 반려견은 외롭다고 입양하는 존재가 아니라고 말하는 바람에 서로 맘이 상하기까지 했을 정도면서, 식물에 대해서는 왜 그렇게 가벼운 마음이었는지 지금 생각하면 몹시 부끄럽다.

그랬으니 식물을 가꾸는 데 제대로 마음을 기울인 적도 없었다. 그들이 어떤 조건에서 잘 살 수 있는지 아주 기본

적인 것조차 몰랐고, 한겨울에 대청소를 한다며 창문을 한 시간쯤 열어두어 죽이고, 멀쩡하게 잘 살고 있는 식물을 굳이 예쁜 화분으로 이사를 시켜 죽이고, 생각 없이 달력에 표시된 날짜에 꼬박꼬박 물을 주다 과습으로, 여름에 찜질방 같은 다락 공간에 방치해 죽였다(아, 너무 잔인하다). 그러고 나서야 내가 식물을 대하던 마음을 돌아보게 되었고, 식물과 함께 살아가는 일의 의미에 대해 생각하게 되었다. 그리고 반려동물을 돌보는 마음과 다르지 않아야 한다는 걸 깨닫고는 마음이 좀 불편해졌다.

나는 '책임'이란 말에 꽤 예민하다. 선의로 시작한 마음도 책임이란 말이 따라붙으려 들면 발을 빼고 싶어 전전긍긍한다. 애초에 나 하나 책임지는 일도 버거워하는 사람이어서일지도 모른다. 겨우 요 정도 마음밖에 가지지 못한 내가 다른 무언가를 책임진다는 건 너무도 무거워지는 일이니까. 그래서 나는 부끄럽지만 돌아서는 일에, 거리를 두는 일에 능숙했다.

그런데 나이가 들수록 그런 나의 노력을 비웃듯, 점점 많은 것이 마음에 들어온다. 어느 순간에도 나를 먼저 돌

victor

보던 매정하고 이기적이던 내가 더는 모른 척이 되지 않아 버거울 때가 많다. 밥 주는 사람쯤이었던, 제법 가벼웠던 길고양이와의 관계도 해를 거듭하는 사이 무거워졌다. 이제 겨울이면 그들의 잠자리가 걱정돼 전전긍긍하고, 아픈 고양이에게 제때 약을 먹이려고 아침잠도 설친다. 제법 오래 지켜본 그들의 건강이, 보이지 않는 그들의 안위가 너무너무 걱정된다. 마음에 들어온 것들은 무겁고, 그것들이 차지한 자리만큼 이기적일 수 있는 권리를 포기해야 하지만, 그럼에도 마음이 기우는 건 어쩌지 못하니, 차라리 마음에 들이고 그것들에게 책임감을 가져보자고 내 자신을 달래어가는 중이다.

그렇게 식물도 쓸모 있거나 분위기를 내주었던 물건쯤에서 내가 책임 있게 돌봐야 하는 존재가 되었고, 무책임했던 지난날을 반성하듯 정성을 기울이고 있다. 물론 마음을 주게 되었다고 해서 초록과의 관계가 해피엔딩이 된 건 아니다. 그 이후에도 내 곁을 떠난 초록은 있었고, 그 때문에 나는 더 마음이 아팠다. 한동안 초록을 들이는 일에 주저해야 할 만큼. 하지만 결국 또 다른 초록을 데려오고야 말았

점점 많은 것이
마음에 들어오는 건
넓어져서가 아니라
쓸쓸해져서인지도
모른다.

는데, 마음을 주고 나서야 내가 그들을 돌보는 만큼, 그들도 나를 돌봐주고 있음을 깨달은 탓이다.

　점점 많은 것이 마음에 들어오는 건 넓어져서가 아니라 쓸쓸해져서인지도 모른다. 무거워진 대가로 그만큼의 위안을 얻고 있는지도. 그러니 결국엔 내가 그들을 돌보는 행위도 이기심에서 비롯된 것이지만, 초록에게 받는 위안을 잃고 싶지 않아서, 고작 이 정도뿐이지만 사랑하는 일을 멈추고 싶지 않아서 결국 화원 앞을 서성이다 또다시 초록 하나를 품고 온다. 한번 시작된 사랑은, 한번 기운 마음은, 이래서 어렵다.

다행이야,
너무 늦은 때란

없
으
니
까

내가 식물 이야기를 하는 게 민망한 이유가 또 있는데, 우리 집 초록의 개수다. 한낮에 함께 해를 쬐는 멤버는 나와 반려견 봄을 빼면 고작 다섯이다. 하지만 아름다운 비밀 정원을 가꾼 마담 프루스트도 훌륭한 식물 반려인이고, 단 하나뿐인 화분을 애지중지하던 레옹도 멋진 식물 반려인이라고 생각하는 입장이니, 자격에 대한 언급은 더는 하지 않겠다.

　다섯 개뿐이지만 미니멀한 우리 집과 나의 생활에 비추어보면 그다지 적지 않고, 이들이 가진 의미로 보자면 몹시 크고 무겁기까지 하다. 이들 중 넷은 어느 날 우연히 내 눈에 들어서가 아니라, 특별한 날 의미 있게 우리 집으로 왔으니까.

　스파티필름은 반려견 봄이 슬개골 수술을 무사히 마치고 퇴원한 기념으로 샀다. 그러니 스파티필름엔 봄이가 건강하게 잘 뛰놀기를 바라는 간절한 마음이 담겨 있다.

　무늬아이비와 페페로미아는 내 공간을 다시 가꾸고 나를 돌아본 기념으로 샀다. 가장 최근에 왔는데, 이것들엔 막연한 미래에 대한 불안을 접고 오늘을 잘 살고자 하는 마음이, 그런 방편으로 글을 좀 더 성실히 써보고자 한 다짐이 담겨 있다. 웬만해선 죽지 않는다는 녀석들로 고른 이유는 이런 마음 때문이다.

　아픈 손가락 같은 녀석도 있는데, 3년 전 생일날 아빠가 보내주신 용돈으로 산 스노우사파이어가 그렇다. 그러지 마시라고 해도 아빠는 생일이면 돈을 부치고는 '못난 아빠'라는 문자를 보낸다. 아빠는 살아온 인생을 돌아보며 후회와 자책이 늘고 있다. '아빠 덕분에'라는 말도 자책을 덜어주지는 못하는 모양이다. 그게 부모의 마음인 건지 나로서는 알 수 없어 그저 답답하고 안타까울 뿐이다.

받은 용돈으로 매번 점심을 맛있게 먹었다는 답을 보냈는데, 그해에는 "이런 멋진 걸 샀어요" 같은 답을 하고 싶었다. 오래도록 입을 수 있는 옷이나, 오래 쓸 게 분명한 그릇 혹은 늘 옆에 둘 커피잔 같은 것도 있었지만, 내가 산 건 스노우사파이어였다. 옷이나 그릇처럼 낡아가는 게 아니라 오히려 무성해지고 커가는 것을 보여드리고 싶었다. 아직은 초록을 키워낼 시간이라고 말하고 싶었는지도 모른다. 여전히 뭔가를 시작할 수 있다고, 늦은 건 없다고 말이다.

몇 해 전 아빠는 갑작스런 변화를 겪고 우울증을 심하게 앓았다. 갑작스런 변화라고는 하나 자연스런 수순이기도 했다. 어느 시점에서는 누구나 그런 과정을 거치기 마련이니까. 평소와 같은 시각에 눈을 떴으나 정작 가야 할 곳이 없어진 아침, 어느 자리에서 빛나던 존재감이 한없이 비틀거리는 시간, 늘 오가던 작은 언덕에서조차 숨이 차 주저

앉아 버리는 날들.

그런 변화가 처음도 아니었기에 잘 이겨낼 거라 여겼다. 결국 발목을 잡는 건 상황이 아니라 상황을 받아들이지 못하는 마음이라 생각했으니까.

하필 그해 여름은 유난히 길고 지독히도 뜨거웠다. 그 여름 내내 나는 거의 매일 아빠의 전화를 받아야 했다. 처음의 다정한 격려는 얼마 가지 않아 온기를 잃었다. 나의 응원도, 조언도 별 소용이 없었다. 뜨거운 불 앞에서 식사를 준비하다가, 더위에 어질어질한 머리를 붙잡고 일을 하다가, 아빠에게 전화가 오면 울상이 되어 전화를 받았다. 아빠의 문제를 내가 해결해 줄 수 있는 것도 아니었고, 얘기를 들어주는 것으로 상황이 바뀌지도 않았지만, 그 역할마저 거부할 수는 없었다. 아빠는 여전히 절박했고, 나는 지쳐갔다.

길고 지독했던 여름이 지날 무렵, 아빠는 결국 전문의를 찾아갔다. 그 덕분인지는 모르겠지만, 일단 괜찮아 보였다. 괜찮다고 믿고 싶은 내 마음이 내린 결론이었는지도 모른다. 어쨌든 적어도 괜찮은 척 정도는 할 수 있게 되긴 했으니까. 그렇게 모두에게 잔인했던 여름이 끝났다.

다음 해 가을, 함께 아빠 집 근처 산책로를 걷게 되었다. 9월이었지만 한낮은 더웠고, 유일한 그늘인 다리 아래 벤치에 앉아 개천에 노니는 청둥오리를 보고 있는데, 아빠가 지난여름 오전에 집을 나와 종일 이곳에서 물을 보며 시간을 보냈노라는 고백을 전했다. 지난여름, 이라는 말에 나는 살짝 인상을 썼다가 다시 무심한 얼굴이 되어 그랬구나, 지나가듯 대답했다. 그리고 그 여름이 끝나서 다행이라고 생각했다. 아빠가 아닌 나를 향한 안도였는지도 모른다.

　갑자기 울음이 터진 건 그날에서 다시 1년이 지난 어느 여름이었다. 느닷없이, 정말 느닷없이, 눈물이 나왔다. 숨도 쉬기 힘들 만큼 무더웠던 여름날 무엇도 하지 못하고 어디로도 가지 못하고, 지독한 우울에 휩싸여 내내 물을 바라보았을 아빠가 불현듯 생각나서였다. 안쓰러움인지 안타까움인지, 홀로 그 시간을 견디게 한 것에 대한 미안함인지, 너무 빨리 식어버린 격려에 대한 자책인지 알 수 없는 눈물이었다. 그때 내가 응원하거나 얘기를 들어주는 것으로 내 역할을 한정하지 않았다면, 그렇게 빨리 지치지 않았다면, 그가 그런 시간을 보내지 않을 수 있었을까, 미안했다. 그런 순간에도 나를 먼저 돌봤던 내가 부끄러웠다.

그때 내게 매일 전화라도 걸어야 했던 그를 2년이 지나서야 이해하게 되다니. 그를 위해 진심으로 울어줄 수 있는 내가 되는 데 2년이나 걸린 것이다. 그런 내가 되자 아무것도 하지 못하고 내내 물을 바라보았던 그와, 그곳을 벗어나 휘청이는 마음으로라도 길을, 나무를, 하늘을 바라보기까지의 그가 하나하나 찾아왔다. 혼자 잘 이겨냈다고 믿었던 더 지난날들의 그도 찾아왔다. 원망했던 그의 모습들이 새삼 이해가 되었다. 그의 삶이 슬펐다.

아팠던 마음도, 아프게 했던 마음도, 아파해 줘야 했던 마음도, 내가 이해할 수 있을 때, 내가 울어줄 수 있을 때, 비로소 나를 찾아온다는 생각이 들었다. 그런 내가 되기를 기다렸다가 나를 찾아오는 것이라고. 그래봤자 뒤늦은 이해이고, 뒤늦은 사과이고, 뒤늦은 용서지만, 이렇게라도 알게 되어 다행이란 안도감이 들었다. 너무 늦진 않아서 정말 다행이었다.

그날 이후 나는 그의 쓸쓸함을, 우울을, 무기력을 모른 척하지 않으려 애쓴다(어차피 내가 할 수 있는 일이 없기는 마찬가지지만 말이다). 물론 여전히 쉽지는 않다. 매번 나의 한

계를 느끼고, 내가 한계에 도달했음을 그가 눈치채길 바라는 마음과 눈치채지 않도록 해야 한다는 마음이 싸우느라 소란하다.

결국 나의 초록들은 내가 돌보고자 하는 대상들을 대표하고 있는 셈이다. 어떤 때는 이 모두를 끌어안는 게 힘에 부치기도 하고, 어떤 마음은 상충하기도, 어긋나기도, 지치기도 한다. 적당한 거리란 것도 이젠 잘 모르겠다. 열흘에 한 번 같은 기준도, 모두에게 통하는 법칙도 없으니까.

이 모두를 지켜가자는 다짐이 나를 상하게 하는 일이 되지 않게 하려면, 내가 좀 더 잔잔한 마음이 되어야 한다. 하지만 말처럼 쉽지는 않은 일. 그래서 먹먹해지는 가슴을 어루만져 주는 스노우사파이어가, 주눅 든 어깨를 다독여 주는 페페로미아가, 쉽사리 커지는 걱정을 달래주는 스파티필름이 얼마나 고마운지 모른다. 그런 날들엔 이들에게 기대어 잠깐 울어도 괜찮다.

Victor

다음
걸음을

내딛기까지

지난밤 첫눈이 예보됐다. 유난히 따뜻했던 지난겨울과 달리 올겨울엔 눈도 많이 오고 몹시 추울 거라는 전망이 있었지만, 12월이 되어도 가을 같던 날씨에 코웃음을 치고 있었다. 저녁때까지도 하늘이 맑았는데 웬 눈이람 싶으면서도, 마당에 있는 수국 때문에 걱정이 앞섰다. 아직 월동 준비를 해주지 않았기 때문이다. (월동 준비라고 해봤자 비닐을 덮어씌우는 일이 전부지만.)

부디 일기예보가 틀렸기를 바라며 잠자리에 들었고, 새벽녘 다행히 눈이 오지 않았음을 알 수 있었다. 눈이 쌓이면 우리 집 지붕이 보이는 침실 창으로 흰빛이 제 존재를 드러내니까. 아니, 창이 없더라도 그런 것쯤은 알 수 있는데, 나는 어릴 때부터 눈이 오는 걸 잠결에도 느낄 수 있었다. 어릴 적엔 겨울에 태어난 사람은 누구나 그런 거라 믿었고, 커서는 눈을 느끼는 그 동물적 감각이 자랑스러웠다. 돈 되는 일이 뭔지 판단하는 능력은 없어도, 동화적이고 조금은 환상적인 몫을 잃지 않았다는 게 좋았다.

사실 겨울에 수국에 비닐을 씌우는 일이 필요한지 아닌지는 잘 모르겠다. 몇 해 동안 꽃을 피우지 않는 수국이 속상해 이런저런 정보를 찾다가, 수국은 겨울 추위에 약해 꽃대가 얼 수 있으니 보온을 해주어야 한다는 것을 알게 되었고, 작년 겨울에 처음으로 비닐을 씌웠지만, 꽃이 피지 않기는 마찬가지였다.

그런데 내가 기억하는 어릴 적 놀이터 앞 수국은 분명 스스로 겨울을 났고, 지금의 우리 집 수국도 몇 년 전 북극 한파가 한 달 동안 기승을 부렸던 겨울을 맨몸으로 버티었다. 더 작고 어렸을 때에도 끄떡없었다. 그러니 좀 더 굵어지고 자란 지금은, 이쯤의 추위는 아무렇지 않지 않을까.

그런 걸 믿지는 않지만 한때 나는 전생이란 게 있다면, 산사에 살던 개가 아니었을까 생각한 적이 있다. 사람들 사이에 있는 일이 몹시도 어색하고 어려워서, 사람보다 개에게 마음이 더 쏟아져서, 산이 좋아서 그리 생각했다.

지금이야 동네 뒷산(언덕 같은)이나 오가고 주말에 남편과 작은 산의 둘레길(정상도 아니고)을 걷는 게 전부지만, 예전엔 산을 꽤 자주 찾았고, 다섯 시간이 넘는 산행도, 관악산 깔딱고개도, 90도 경사를 이루는 수락산 바위도, 북한산 정상도 거뜬했다. 모두 안나푸르나를 다녀온 덕분이었다.

'일 년 내내 눈이 머무는 곳'이란 뜻이라지만, 오히려 그 이름 때문에 눈부신 흰빛보다 푸르른 어떤 경지로 느껴지는 안나푸르나는, (동네 뒷산 약수터를 빼면) 내 생애 두 번째 산이었다. 안나푸르나를 오르기 몇 주 전, 티베트 카일라스산을 다녀왔고, 그곳에서 숨쉬기 어려운 고통도, 한 발

자국 옮기는 일의 어려움도 모두 겪은 터였다.

　잃어도 아쉬울 것 없는, 몇 안 되는 짐을 포카라의 숙소에 맡기고 단출하게 길을 나섰더랬다. 대부분 포터와 가는데, 낯선 이와 며칠을 함께해야 한다는 것도, 어색함을 깨기 위해 내내 말을 해야 한다는 것도(게다가 영어로) 싫어서 그냥 혼자 가보기로 했다. 워낙 많은 사람이 찾는 곳이라 길은 쉬웠고, 중간마다 차를 마실 수 있는 곳과 묵을 수 있는 곳이 있어 힘들지 않았다.

　별이 쏟아진다는 말이 무언지 그곳에서 알았고, 대자연이 나를 덮친다는 느낌도 그곳에서 겪었다. 한낮에 발아래 흐르는 구름은 산이 꾸는 꿈 같았다. 그곳에서의 오후는 정말 한가로웠다. 낮잠을 잤던 것도 같다. 그런 여유를 즐기면서도 나는 대체로 열흘 넘게 걸리는 길을, 일주일도 채 안 되어 마쳤다. 뛰다시피 다녔던 나를 다들 신기해하면서도, 한국인 등반가들이 워낙 유명하니 한국인은 다 그런 줄 믿는 눈치였다. 무리한 건 아니었고, 그저 생각보다 조금 더 갈 수 있어 그렇게 한 것뿐이었다. 카일라스를 다녀온 터라 그랬을 것이다. (카일라스가 안나푸르나보다 몇 백 미터 더 높다.) 안나푸르나를 다녀온 뒤에 국내 산을 다니기 시작했는데, 당연히 모든 산이 쉬웠다.

지독했던 가난도, 진절머리 나는 불화도, 끔찍한 모멸
감도, 우울과 무기력도 한 번씩은 넘었다. 나는 생각보다
많이 걸었고, 그사이 많은 고통을 바라봤다. 고통은 결코
짙어지지는 않았다. 그 자리에 오래 머물지도 않았다. 고
통은 날숨만큼 옅어지기 마련이었고, 서너 번의 숨이 지나
면 다음 걸음은 내디딜 수 있었다.

지독한 가난을, 불화를, 절망을 또 만날 수도 있을 것이
다. 하지만 그 산이 전보다 더 크게 느껴지진 않을 것이다.
당연히 이전보다 작은 산은 쉬울 것이고, 그와 같더라도 괜
찮을 것이다.

반드시 시간에 비례하는 건 아니라지만, 나도 수국도 몇
번의 겨울을 나는 동안 더 굵어지고 자랐다고 믿는다. 그러
니 우린 비닐 같은 건 이제 필요 없을지도 모른다. 오히려
정작 해야 할 월동 준비는 조바심을 접는 일인지도.

특유의 물 냄새가 느껴져 커튼을 걷으니 하늘이 어둑해
져 있다. 정말로 눈이 올 모양이다. 구름이 몰려들다 흩어

지고 다시 짙어지는 걸 가만히 바라봤다. 추위가 찾아오는 모습도 제법 환상적이구나 새삼 느낀다. 이런 감정도 참 오랜만이었다. 조바심 하나 접었을 뿐인데 마음이 비어 넉넉해져 있었다.

빈 화분에서
자라나는

새
시
작
들

거실이 흙투성이가 되었다. 무릎 크기의 화분이 엎어지더니 퍽 소리를 내며 박살이 난 건 순식간이었다. 화분을 붙잡으려고 뻗은 손을 거두어들이지도 못한 채 박제처럼 선 내 발 옆으로 흙이 쿨럭거리며 쏟아졌다. 좁은 거실에 흙냄새가 퍼졌는지 방석에 누워 있던 반려견 봄이 신이 나 달려왔다. 도통 내 말은 듣지 않는 녀석이 발이라도 다칠세라

얼른 정신을 차리고 깨진 조각들은 치웠으나, 그다음엔 어찌해야 할지 난감했다. 엎어져 있는 소국화를 원망스레 바라보았다. 너무 이른, 실패였다.

소국화를 심은 것도, 꽃이 진 소국화를 집 안으로 들인 것도 다 이 화분 때문이었다. 맨 처음 극락조화를 품고 이 집에 들어온 흰 화분은, 어느 봄 갑자기 극락조화를 잃고 마당에 버려지듯 놓였다. 누구나 쉽게 키울 수 있다고 추천받은 극락조화를 잃고는 자신감이 바닥에 떨어진 터였다. 극락조화는 세 번의 겨울을 났고, 매해 커다란 새잎을 틔웠더랬다. 조심조심 뽑아 든 벼린 칼에선 오래도록 간직했던 이야기가 촤르르 펼쳐졌다. 손바닥만 한 잎들만 보다가 내 팔뚝보다 더 큰 잎 하나가 새로 나는 건 생경한 감동이었다. 그래서였을 것이다. 잎이 더 나면 곤란하다 싶을 만큼 잘 자라던 극락조화가 줄기째 노랗게 변하더니 죽어버린 건 꽤나 충격적이었다. 지금도 이유를 모르겠다. 익숙해졌다고 자신할 즈음, 길들였다고 믿을 즈음, 일어난 일이었다. 커다란 극락조화에 어울렸던 길고 하얀 화분은 마당에 내놓았다. 극락조화가 있던 거실 자리가 휑했다.

마당 한편에 웅크리고 있는 빈 화분에게로 시선이 향할 때면 무심코 그 위로 진한 향기를 뿜어내는 치자를, 파릇파릇한 로즈마리를 그려보았지만, 이내 고개를 저었다. "키우기 쉽다던 극락조화를 죽였어요."라는 나의 자백에 "누가 키우기 쉽대요? 아니에요." 하고 손사래까지 치며 부정해 준 화원 사장님의 말도 위안이 되지 않았다. 오히려 내가 죽인 행운목과 인도고무나무도 생각났다. 욕심만으로 되는 일은 아니었다. 잘할 수도 없는 일을 무턱대고 했다가는 분명 다시 상처를 받게 될 터였다.

　　그렇게 화분을 빈 채로 두고, 잊은 듯 정신없이 봄을 보냈다. 지긋지긋한 장마가 지나고 뒤늦은 무더위도 보내고 가을빛이 한가득 마당에 쏟아지기 시작할 무렵, 여전히 구석에 웅크리고 있는 화분에 다시 마음이 서성였다. 그 마음 위로 노란 국화가, 앙증맞은 감귤나무가, 새삼 눈길이 가는 몬스테라가 피어났다. 또다시 고개를 저으려다 문득 그러고 있는 내가 한심하다는 생각이 들었다. 실패로 꼭 배우기만 하는 건 아니지만, 수많은 실패로도 조금도 나아지지 않는 경우도 있지만, 그렇다고 그게 겁나 아무것도 하지 않는 건 더 우습지 않은가.

극락조화가 죽은 건 충분히 마음을 쏟지 않았기 때문이다. 이전에 죽은 식물들도 마찬가지고. 익숙해졌다는 생각은 자신감이 아닌 자만심이었겠지. 그 마음으로 노력은 게을러지고, 태도는 쉬워졌을 테고. 그래놓고 최선을 다했다 거짓 핑계를 대고는 자신감을 잃은 척 실패에 숨은 꼴이라니.

부끄럽게도 내 인생에는 내가 죽인 식물만큼이나 망설이고 주저하느라 남겨둔 빈 화분이 많다는 걸 깨닫는다. 커다란 실패담 없이 무탈하게 흘러온 인생 같지만, 차단했던 시도와 그로 인해 남겨진 미련으로 떠밀려 온 날들이란 부끄러움도 인다. 실패를 겪지 않으려고, 상처받지 않으려고, 그냥 그 자리에 빈 화분을 남겨두고 돌아섰던 나. 너무 쉽게 포기하고 자주 고개를 저었던 지난날의 나에게 원망도 드는 요즘이다.

글을 쓰는 일만 해도 그렇다. 입버릇처럼 나는 '하고 싶은 게 없던' 꽤 한심한 청춘이었다고 말하곤 하지만, 들춰보면 글 쓰는 사람이 되고 싶다는 마음이 숨어들어 있었다.

어릴 때 품은 첫 꿈이었으나, 중학생이 되고 고등학생이 되면서는 왠지 그게 좀 시시해졌고, 정작 어른이 되어서는 그런 건 아무나 하는 게 아니라는 사실에 절망해 그 마음을 모른 척했다. 그래도 내쫓지는 못한 탓에 시선은 늘 그즈음으로 향하곤 했다. 그렇다고 제대로 매달려 볼 엄두는 못 냈다. 그 언저리 어디쯤을 서성이며 때론 만족했고, 그곳에 이른 자들을 시기하다가, 한심하게도 내가 아닌 그곳이 내게로 오기를 바라기도 했다.

매사에 이런 태도였는지도 모른다. 이른 포기는 나를 보호하는 방법이었고, 그 대가로 어긋나기만 했던 연애(그런 걸 연애라 해도 될지 모르겠지만)와 늘 기대에 못 미치는 시간을 전전했는지도. 포기하지도 고백하지도 못하는 마음이란 건 깊지 않았기 때문일 수도 있지만, 결국 그 마음이 깊어진다면 나의 입장을 분명히 해야 할 터.

'최선을 다했으나 실패했다는 말'은 정작 상실감을 품지 않는다는 사실과 환하게 마주할 때까지, 계속 해보는 사람이 되어야 하지 않겠느냐며 주저앉으려는 마음을 다그쳤다. 빈 화분은 지난 실패의 흔적이기도 하지만, 새 시작의 가능성이기도 하다. 그리고 화분은 무언가를 심어야 그 쓸모를 이어갈 수 있다. 그러니 내가 할 일은 실패를 피하는 것이 아니라, 실패를 거듭하며 계속 화분에 나무를 심는 거라고.

그렇게 반년 넘게 버려졌던 흰 화분에 노란 소국화를 심었고, 그 환한 노란빛 미소에 행복한 가을을 보냈더랬다. 그리고 밤 기온이 0도쯤으로 떨어질 무렵, 완전히 시든 꽃을 가지째 잘라 낮에는 바깥바람을 쐬게 하고 해가 지면 안으로 들여놓기를 반복했다. 게을러지지 않게 쉬워지지 않게 마음을 다잡으면서. 내년에 다시 꼭 꽃을 피우겠다는 오기도 부리면서. (이날도 화분을 밖에 내놓으려고 바퀴 달린 화분을 밀던 참이었다.)

이제 시작이었고 봄은 멀었으니, 아직 아무것도 하지 못한 셈이었다.

나는 거실을 흙투성이인 채로 두고 부랴부랴 지갑을 챙겨 깨진 화분의 반의반만 한 가벼운 플라스틱 화분을 급한 대로 사 왔다. 줄기를 거의 밑동까지 짧게 잘라놓은 터라 엎어졌으나 상한 것은 없었다. 다행히 흙을 잘 움켜쥐고 있는 뿌리를 조심스레 들어 새 화분에 옮기고, 남은 흙들을 쓸어 버렸다. 실패라던 생각도 함께.

소국화가 여러해살이풀이라고는 하나, 겨울을 나고 이 듬해 꽃을 피워낸 경우는 흔치 않은 듯했다. 소국화를 가꾸 는 사람이 별로 없어 사실 어떻게 정성을 쏟아야 하는지 배 울 방도가 없다. 밑동까지 줄기를 자르고 얼지 않게 하되, 볕과 바람을 쐬어주며 적당한 양의 물을 주라는 말을 신중 하게 헤아리며 나의 최선을 기울여 보는 수밖에.

소국화가 다시 꽃을 피울지는 알 수 없으나 첫 번째 소 국화와의 시간으로 모든 가능성을 접어버리지만은 않았 으면 한다. 섣불리 실패라고 단정하지 않는 사람이 되었 으면 한다. 그 말을 뱉기까지 기울이는 나의 최선이 지치 지 않았으면 한다. 무성한 초록을 피우지 못하더라도. 아 무것도 해내지 못하더라도. 혹은 그 어떤 것에 대해서도 말이다.

좋아하는 마음은
이렇게

시
작
되
었
다

식물 수분계라는 게 있다는 걸 알고는 기뻤다. 과습과 건조 사이에서 헤매던 내게 그건 구세주 같은 물건이었다. 두 번째 마디까지 손을 찔러보고 흙이 말랐을 때 물을 주면 된다고는 하는데, 시커멓게 묻어나는 흙이 축축한 것 같기도 하고 마른 것 같기도 해 도저히 감을 잡을 수가 없으니, 알아서 물 줄 때를 알려주는 스마트한 기계에 혹하지 않을 이유가 없었다.

　하지만 결국 나는 그 물건을 사기보다는 직접 적당한 때
를 알아가는 데 시간을 더 쓰기로 했다. 잎을 닦고 분무기
로 물을 뿌려주며 흙에 손가락을 푹 찔러 넣는 걸 이제는
잊지 않고 매일 하고 있으니, 기계의 도움 없이 판단할 수
있는 날이 언젠가는 오지 않겠냐고 나를 믿어보기로 한 것
이다. 그런 것들은 손으로 알아야 한다고 생각하니까.

　나는 손으로 알아가는 일에 꽤 의미를 두는 편이다. 지
금까지의 일들로 미루어보아도 손으로 알게 된 것들은 대
체로 좋아하는 마음으로 이어졌다. 알게 되면 좋아할 수 있
다. 몰라서 갖게 되는 편견이나 두려움 같은 것들이 사라져
마음이 잔잔해지기 때문이다. 바꿔 말하면 좋아하려면 먼
저 알아야 한다. 편견이나 두려움 같은 것을 지우려면 그
시간을 겪으며 알아야 한다. 일반적으로 말하는 공식 같은
것 말고, 남들이 알려주는 것 말고, 눈으로 판단하는 것도
말고, 손을 물들이면서 말이다.

　그렇게 알게 되고 좋아하게 된 것 중에 (아주 사소한 걸 꼽
자면) 가지가 있다. 예전에는 가지에 보라색을 칠하면서도

가지가 우아한 보라색을 품고 있다는 사실을 전혀 알지 못했다. 사과는 빨갛고 바나나는 긴 것처럼 가지는 그냥 보라색이었다. 머리로 알게 된 것들은 실감되지 않아 내 것이 되지 않는다. 게다가 실제로 보는 가지는 보라색이라기보다는 짙은 남색 같고, 그보단 그저 물컹거리고 어디에나 사용되는 양념장 맛밖에 지니지 못한 허여멀건 채소 같다.

하지만 지금은 가지가 정말로 보라색이란 것을 안다. 그다지 좋아하지 않던 가지로 그 허연 반찬을 만들려고 가지를 찐 다음, 뭉그러지지 않게 두 손으로 안아 들고 물기를 짜다가 두 손이 맑은 보라색으로 물들고서야 가지가 지독한 보라색을 품고 있다는 것을 알게 되었다. 고작 몇 분이더라도 가지와 내가 가진 시간으로, 가지를 겪어서 말이다.

가지가 꼭지에 날카로운 가시를 갖고 있다는 것도, 사과 닮은 향을 품고 있다는 것도 모두 손으로 알게 되었다. 꼭지를 벗기려다 가시에 찔린 손은, 가지가 보라가 되지 못한 연두를 숨기고 싶어서 그걸 들추지 못하게 가시로 덮고 있

알게 되면
좋아할 수 있다.
몰라서 갖게 되는
편견이나
두려움 같은 것들이
사라져
마음이
잔잔해지기
때문이다.

는지도 모른다고 이해하고, 어쩌면 가지가 사과를 품고 싶었는지도 모른다는 엉뚱한 상상도 하다가, 들여다보고 있던 조리법을 덮고 내가 알게 된 가지의 마음을 잘 드러낼 수 있는 방법을 찾게 한다. 손을 물들이며 알게 된 시간으로 가지에 진심이 된 것이다.

물론 가지처럼 단번에 많은 걸 알려주는 건 별로 없다. 특히 초록 식물은 그렇다. 잎의 촉감과 질감을, 흙의 온도와 밀도를 세심히 알아가는 손에 그들이 물들기까지의 시간은 무척이나 더디 간다. 초록은 이미 좋아하지만 아는 게 별로 없으니, 이 시간은 초록에 대한 내 애정이 진심임을 인정받는 과정 같다.

그런데 최근 소국화가 나의 이런 마음을 알아채고는 고맙게도 놀라운 비밀 하나를 알려주었다. 낮 기온도 내내 영하를 밑돌 때 소국화를 계속 안에 두었는데, 잎에 진드기가 생겼다. 바깥과 차단된 환경에서 저절로 진드기가 생기다니 신기했다. 진드기 퇴치 약이 있긴 하지만, 안에 두는 식물에 화학성분을 뿌리기가 꺼려져 진드기를 일일이 손으로 훑어내기로 했다.

그렇게 엄지손톱만 한 잎을 하나하나 조심스레 훑는데, 지난가을 나를 환하게 했던 그 향기가 일었다. 잎에서 나는 것이었다.

　국화꽃 향기라고 알고 있던 게 잎의 향기였던 건진 알 수 없지만, 잎에서도 꽃향기가 난다는 걸 발견한 것으로 마음이 벅찼다. 소국화에 대한 노력이 진심이라 인정받은 기분이었다. 그리고 꽃만을 기다리던 마음을, 꽃으로 희망을 가늠하려던 조바심을 지울 수 있었다. 한겨울을 잘 지나고 있는 연둣빛 잎만으로 충분하다 싶었다. 내 손에 진하게 물든 그 향기 덕분에.

　그날 이후 진드기가 사라진 소국화의 잎을 한참 쓰다듬는다. 그러고는 내 손 냄새를 맡는다. 그러고 있으면, 봄이는 나 혼자 뭔가 맛있는 걸 먹는다고 생각하는지 서운한 표정으로 나를 쳐다보다가 '나도' 하고 짖는다. 좋은 건 나눠야 하니 고 예쁜 까만 코앞에 손을 내밀면 봄이 킁킁거리다 핥기 시작한다. 그렇게 내가 진심으로 좋아하게 된 연둣빛 위에, 내가 오래도록 사랑해 왔던 봄이의 간질거리는 따스함이 더해진다.

새삼 내 손이 제법 많은 걸 알고 있다는 생각이 든다. 난데없이 자신감 같은 게 밀려와 피식 웃는다.

그런 봄이라면,
그런
시작이라면!

겨울이 끝나가고 있다는 사실은, 남천 덕분에 안다. 겨우
내 눈이 내리고, 살얼음이 얼었다 녹았다 했던 회색 마당
위에 붉어지다 만 짙은 초록색 남천 잎이 툭툭 떨어지기 시
작하면 곧 봄이 온다는 뜻이다.

겨울에도 잎을 달고 있는 나무라서, 바닥도 담장도 하
늘도 회색인 겨울에 초록이 있어야 할 것 같아 심어놓고

도, 한겨울 푸른 남천을 보는 건 여전히 놀랍다. 남천을 알기 전엔 겨울에 잎을 달고 있는 건 뾰족뾰족한 침엽수뿐인 줄 알았다. 이름 자체로 '나는 평생 초록이에요'라고 뽐내는 활엽수 사철나무도 있지만, 그와 달리 남천은 가을이면 붉어지고 어떤 건 곧 떨어질 듯 짙은 갈색이 되기도 하니, 그런 채로 겨울을 나는 것도, 잎마다 다른 시간에 머무는 것도 신기한 것이다.

겨울 마당은 춥기 마련이지만, 특히나 우리 마당은 마찬가지로 해가 들지 않고, 바람이 바람길처럼 휘몰아치기도 해 유난히 혹독하다. 그러니 그런 겨울을 고스란히 겪어낸 뒤에야 남천이 잎을 떨구기 시작하면 "수고했어."라는 말이 절로 나온다.

새 달력을 걸어놓고도 새 마음이 되지 못했던 나는, 남천에게 이런 인사를 건네며 비로소 새 마음이 된다. 겨울을 앓았던 흉터도, 수많은 다짐도, 순간의 깨달음도, 결국 모두 겨울의 일이라고. 훈장 같은 자랑스런 마음조차도 겨울이 지났으니 놓아야 한다고. 마당을 쓸며 그런 생각들을 하는 것이다.

victor

손에 움켜쥔 새 마음은 봄을 돋워야 할 때란 생각에 분주해진다. 하지만 안으로부터 봄을 돋우는 일이 거창할 필요가 없다는 것도 남천에게 배운다. 북극 한파도 견뎌낸 남천 잎들은, 천천히 아주 천천히 하나씩 떨어진다. 어느 날 겨울이 온다며 와르르 비워내는 여느 나무들과는 다르다. 어느 날 봄이 왔다고 수선스레 일제히 깨어나지도 않는다. 오랜 시간에 걸쳐 잎을 하나씩 버리고, 그와 동시에 고사리 같이 붉은 가지를 조금씩 밀어 올려 새잎을 피운다. 그 와중에 한결같이 초록을 지키는 부분도 있다.

　　지고, 나고, 자라고, 지키는 일이 느릿느릿 동시에 이뤄지다 보니 남천이 움켜쥔 새 마음은, 그렇게 돋워낸 봄은 무척이나 소박하다. 그래서 그런 봄이라면, 그런 시작이라면, 해볼 수 있으리란 마음이 드는 것이다.

　　남천은 일본어로 '난텐'이다. (남천의 학명은 일본어에서 유래되었다고 한다.) 지금은 어떤지 잘 모르겠지만, 예전엔 발음이 같아 난점(難點) 또는 난전(難轉)이라 표기했다는 얘기를 들은 적이 있다. 즉 어려운 때 그 자체를 말하기도 하고, 어려움이 극복되는 과정을 뜻하기도 한다. 어려운 겨울과 이겨내는 겨울을 동시에 살아가는 남천에게 어울리는 이름이었단 생각이 든다. 그리고 소박한 봄의 모습에 '복을 불러온 나무'라고 칭송했다는 말에도 묘한 감동이 인다.

올겨울은 유난히 길었다. 불안한 겨울에 얼어붙어 용기 내야 하는 겨울을 너무 늦게 깨달은 탓이었다. 무기력해진 마음에 갇혀 봄의 의미를 거창하게 둔 탓이었다. 장난처럼 끝난 이 겨울의 끝에서, 비로소 나는 조금 지키고 조금 자라고 많이 진 탓에 소박하기만 한 봄에도, 그런 날들에도 찬란하다고 진심으로 말할 수 있을 것만 같다.

이 겨울을 보내며 내가 꼭 움켜쥔 새 마음은, 이겨낸 겨울을 놓는 용기인지도 모른다. 그리하여 소박한 봄으로 시작하는 것. 다시 돌아올 불안한 겨울을 덤덤하게 바라보는 것.

남천처럼 천천히, 아주 천천히 새 마음을 살피며 겨울을 떠나보낸다.

2장.

나아가는
×
피어나는,
봄

"나는 나로서, 너는 너로서
우리는 이미 아름답다"

봄날,
초록들의

자
리
찾
기

예전에 나는 입춘이 되면 숲으로 갔다. 봄이 그곳에서 시작
된다고 생각했기 때문이다. 포슬포슬 벌어지는 흙에, 추위
와 고독으로 점철된 시간의 허물을 벗는 나무들 사이에, 봄
으로 들어가는 문이 있다고 여겼다. '立春'은 그대로 풀이
하면 '이때부터 봄이라 정한다'쯤 되겠지만, 그때 내게 봄
은 겨울이 지나면 으레 오는 계절이 아니라, 내가 온 힘을

다해 들어서야 하는 세상이었다. (그러니까 내게 입춘은 '立春'이 아니라 '入春'이었다.) 나는 그 환한 세상에 속할 수 있을지 자신 없어 하면서도 간절하게 문을 찾아다녔다.

그날들에서 십여 년쯤 지난 지금은, 입춘이 되면 문을 활짝 열고 대청소를 한다. 방풍비닐을 떼어내고 겨우내 닫혀 있던 폴딩도어를 열어젖힐 때는 기분이 좀 묘하다. 봄으로 들어가기 위해 애쓰던 내가, 봄을 내가 있는 곳으로 불러들이고 있으니 말이다. 물론 지금도 봄을 당연한 계절로 여기진 않는다. 봄이 나를 단번에 찾아오리라 생각지 않는다. 그래도 태도가 달라진 그만큼 느긋해지긴 했다.

눈보라가 그친 뒤 여행자들이 산장을 나서듯, 추위를 피해 거실 한구석에 모였던 우리도(초록들과 나) 이제 저마다의 자리를 찾아 나서야 한다. 꽃샘추위도 올 테고, 춘설도 내리겠지만 어쨌든 지금부터 봄이니까 더는 겨울에 웅크리고 있을 수는 없다.

겨우내 떨구었던 한숨들을 지우듯 집 안 구석구석 꼼꼼히 쓸고 닦은 다음, 스파티필름과 스노우사파이어를 계단 아래로 옮겼다. 이곳은 겨울이 지나면 낮에 내내 해가 들고 폴딩도어를 열어두면 바람도 곧잘 불 테니, 무릎 높이의 키를 가진 이들이 있기에는 적당할 것이다.

손바닥만 한 작은 토분에 심은 무늬아이비와 페페로미아는 다락 창 앞으로 보냈다. 다락은 따로 난방시설이 없어 겨울엔 춥지만, 한겨울이 지나면 큰 창으로 해가 가득 들어 제일 따뜻하다. 사실 무늬아이비와 페페로미아는 지난가을에 만나 겨울을 함께 났을 뿐이라, 다락 창 앞이 그들에게 괜찮은지는 좀 더 겪어봐야 알 수 있다.

무늬아이비의 경우, 햇빛을 받지 못하면 무늬가 제대로 생기지 않고, 너무 많이 받으면 잎이 바닥을 향해 자란다고 하던데, 지난가을 창가에 둔 무늬아이비는 줄기가 처지기는커녕 오히려 저마다 해를 향하는 바람에 화분 방향을 계속 돌려줘야 했으니, 사람들이 알려주는 정보는 늘 그렇듯 어떤 건 맞고 어떤 건 내게 맞지 않는다. 모두에게 통하는 진리라는 건 없으니, 뭐든 직접 겪고 알아봐야 하는 이유이기도 하다. 봄과 여름은 가을보다 햇살이 더 강할 테고, 정말로 그게 과하다면 줄기가 밑으로 처질지도 모르겠지만, 내가 살피는 일을 게을리하지만 않는다면, 창가를 포함해 책상 뒤쪽 구석까지 제법 넓은 영역을 자기 자리로 만들며,

무늬를 잃지 않고 예쁘게 잘 자랄 수 있을 것이다.

초록들에게 자리를 찾아주는 일은 사실 어렵지 않다. 해가 잘 들고 바람이 통하는 곳이면 되니까. 그러고 보면 우리 자리를 찾는 일도 그리 어려운 일은 아닌지도 모른다. 마음이 따뜻하고 생각이 밝아지는 곳. 적당히 바람이 불어 숨쉬기가 조금도 힘들지 않은 곳. 어느 것도 애쓸 필요가 없는 곳. 그저 자연스럽고 당연하게 나로서 존재할 수 있는 곳. 그런 곳이면 되지 않을까. 어쩌면 모두 알면서도 마음을 먹기가, 마음을 따르기가 쉽지 않아 찾지 못하거나 머물지 못하는 것인지도.

초록들이 부디 자기 자리라고 온전히 여기는 곳을 만나, 그곳에서 더없이 멋진 시간을 누리기를, 그리하여 조금 더 짙어진 눈으로 그날그날의 태양과 달에 대해 많은 이야기를 간직할 수 있기를 바란다. 물론 그 바람은 나를 향한 것이기도 하다.

이제 나도 어디로든 가야 한다. 어쨌든 봄은 길 위에서 시작되는 듯하다. 봄이 아니라 나를, 내 자리를 찾으러 나선 길에서 우연히 봄을 만날 수 있을 것이다. 방향은 마음이 알려줄 테니, 그 사실만 잊지 않는다면 우리의 자리 찾기는 그럭저럭 성공할 것이라 믿는다.

무엇이 되지 않아도,
무엇을 해내지

않
아
도

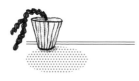

한참을 앉아 있어도 손끝이 시리지 않는 때가 되면, 책을
한 권 주머니에 찔러 넣고 반려견 봄과 함께 뒷산 산책로
로 향한다.

　마당을 갖게 되면서 알게 된 사실인데, 해를 쬐며 읽는
책이 가장 맛있다. 하지만 마당에 해가 들려면 좀 더 기다
려야 하니 뒷산 공원을 찾아가는 것이다. 이런 나를 위해

서는 아니겠지만, 몇 해 전 산책만 할 수 있던 그 길이 장미 공원으로 변신을 하면서 곳곳에 벤치가 생겼다. 제법 근사한 흔들벤치까지!

처음엔 난데없는 조경 공사가 맘에 들지 않았다. 잔디뿐이던 곳에 빽빽하게 줄기장미를 심고, 군데군데 철조물을 세워 덩굴장미를 두었는데, 색상도 모양도 다양한 갖가지 장미를 보는 재미는 있다지만, 왜 하필 장미일까 싶었다. 잔디는 고양이들이 편안하게 뒹굴다 낮잠을 자기도 하고, 때론 제대로 붙어 싸우기도 하던 곳이었다. 그곳에 다른 식물도 아니고 가시를 가진 장미를 심은 건 고양이들이 오가는 걸 불편하게 해 그들을 내쫓으려는 교묘한 전략이 아닌가 싶었던 것이다. (길냥이가 동네 고양이가 되는 일은 쉽지 않다.)

정말 그랬던 건지는 알 수 없지만, 장미 공원이 된 후로 고양이들이 잘 보이지 않는다. 나 역시 정작 아름다워지는 계절엔 이곳을 잘 찾지 않게 되었는데, 덩굴장미가 산책로에 무심코 줄기를 툭 내려뜨리기 일쑤라, 아무 데다 코를 들이미는 봄이가 폴짝폴짝 앞서 뛰어가다 행여 가시에 찔릴까 염려되어서다.

그래도 이렇게 벤치를 누리고 있으니, 장미 때문에 늦봄부터 여름 사이 산책로 하나를 잃은 대신, 정작 봄이 오기 전에는 찾지 않아 몰랐던 시간을 얻은 셈이다. 그리고 이 덕분에 나무와 조금 더 친해지게 되었다.

어느 날 벤치에 앉아 앞을 보는데, 출렁이는 물결 혹은 타오르는 불꽃 같은 모양을 한 나무가 눈에 띄었다. 몇 해나 이곳을, 그것도 일주일에 서너 번은 오갔는데, 잎도 꽃도 없으니 정작 무슨 나무인지 알 수가 없었다. 궁금증을 안고 집으로 돌아와 그 길쯤에서 찍은 사진들을 죄다 찾아보았고, 여름날 붉은 꽃이 흐드러졌던 배롱나무라는 걸 알게 되었다. 장미가 심어지기 전, 이 산책로에서 초록이 아닌 유일한 색이라 늘 한참을 봤었더랬다. 이름답게 오래오래 피어 있어(배롱나무가 백일 동안 꽃이 핀다는 백일홍이다) 여름 내내 즐거웠고, 이성복 시인의 시 「그 여름의 끝」의 한 구절처럼 "한차례 폭풍에도 그다음 폭풍에도 쓰러지지 않고" "붉은 꽃들을 매달아" 힘이 되었었다. 그래놓고는 꽃이 없다고 몰라보다니, 미안했다. 근사한 무언가를 해내야만 알아주는 간사한 친구가 된 기분도 들었다. 그러고 보니 가을이 지나서는 나무를 겨울나무로 통칭하곤 했다. 겨울나무라니. 나는 나로서 살고 싶어 발버둥을 치면서, 그냥 나무라니.

그날 이후 수피 모양과 가지 형태를 찬찬히 바라보기 시작했고, 다른 계절의 기억을 더듬어 무슨 나무인지를 알아냈다. 아직은 산책로에 있는 나무 몇몇만 알 뿐이고, 그마저도 큰 숲에서 만나면 "혹시……" 하며 자신 없어 하는 수준이지만 말이다.

그나마 자신 있게 알은체를 할 수 있는 나무는 벚나무인데, 벚나무는 수피 색이 꽤 짙고 독특하게도 가로결을 갖고 있어, 조금만 신경 써서 본다면 바로 알아볼 수 있다. 어떤 건 정말 장인들이 섬세하게 간격을 맞춰 가로줄 모양을 낸 것만 같다. 봄에 하얗거나 분홍빛이 감도는 여린 홑겹의 꽃을 피우는 나무들이 대체로 그러한데, 우리 집 앵두나무도 벚나무만큼이나 짙은 줄기에 예쁜 가로결 무늬를 갖고 있다.

산책로로 향하며 알게 된 나무들에게 인사를 건네고, 벚나무와 가까운 곳에 있는 흔들벤치에 앉는다. 봄이를 무릎

위에 앉히고 적당히 힘을 주어 발을 구르면, 흔들벤치는 안락함과 경쾌함 사이를 오간다. 그 리듬을 잃지 않으며 하늘을 보다가, 구름을 보다가, 벚나무를 한참 본다.

그러고 있으면 요란스레 축제도 벌여놓고는 그날들이 지나면 존재를 잊고 마는 벚나무를 유일하게 알아봐 주는 사람이 된 것만 같다. 꽃을 피우기 전에도, 꽃이 진 후에도, 초록이 되지 않아도, 이미 너는 특별한 무늬를 갖고 있다고, 그것만으로도 충분히 매력적이라고 말해주는 사람이 된 것만 같다. 무엇이 되지 않아도, 무엇을 해내지 않아도, 나는 나로서, 너는 너로서 이미 아름답다고.

우리가 맺는 모든 관계도, 내가 세상과 맺는 모든 일도 그렇지 않겠냐며. 그런 생각들을 하느라 정작 주머니에 찔러 넣고 간 책은 한 줄도 읽지 못하고 자리에서 일어설 때가 많지만, 그것만으로 충분히 맛있는 독서고, 더없이 좋은 시간이 된다.

그래서 다음 날에도, 그다음 날에도 결국엔 읽지 못할 책을 들고 나무를 들으러, 나무를 만나러 집을 나선다.

봄은
이렇게

온
다

지금 우리 마당엔 앵두나무와 미스킴 라일락, 수국나무 그
리고 남천 세 그루가 있다. 이들이 우리 마당에서 산 지는
5년이 되었다.

　마당이란 공간은 있지만, 바닥을 시멘트로 메워버린 탓
에 흙이 없는 마당이었다. 나무도 없는 마당이라니. 오래
된 단독주택을 고쳐 지을 때 집의 크기를 줄이고 마당을

둔 게 무의미해진 듯했다. 마당에 평상을 두기도 하고, 인조 잔디를 깔아보기도 했지만, 맘에 차지 않았다. 그래서 결국 담벼락 아래에 벽돌을 쌓아 작은 화단을 만들고, 나무를 심었다.

주저했던 시간이 우습게도, 나무와 함께 살아갈 수 있는 조건 같은 건 없다. 주택에 살지 않아도, 마당이 없어도 가능하다. 엄밀히 따지면, 우리 집도 시멘트 바닥 위에 화단을 만들고 흙을 넣은 것이니, 큰 화분을 둔 것과 다를 바 없다. 깊이를 알 수 없는 땅속으로 계속 뿌리를 뻗어가는 일이 우리 집 나무들에게도 불가능하지만, 그런 건 상관없다는 듯 나무들은 해를 거듭하며 제법 단단해지고, 굵어지고, 짙어지고 있다. 지붕을 뚫을 만큼 무럭무럭 커질 수 없을 뿐, 산책로에서 만나는 나무들처럼 온전히 모든 계절을 살아가며 달라지는 것의 의미를 내게 일깨워 준다.

봄이 되면 이들 덕분에 나는 한 달 내내 어울리지 않게 호들갑을 떨고, 감동받아 벅찬 가슴으로 그들에 취해 하루를 보낸다. 그러고 있으면 겨울 내내 나를 안아준 초록 식물들에게, 어느 순간에도 변하지 않는 무던한 그들에게 미

안한 마음이 들기도 하지만, 혹독한 겨울을 이겨내고 봄눈을 틔워내는, 연두를 내미는, 눈부시게 꽃을 피워내는, 그 드라마틱한 변화 앞에서 감정을 억누르기란 쉽지 않다.

매일 산책길에서 벚나무를 만난다 하더라도 촘촘히 이어지는 봄날 나무의 시간을 전부 바라볼 수는 없다. 그 시간은 안단테로 시작해 알레그로를 거쳐 비바체로 이어지는 미뉴에트 같아서, 아주 잠깐 한눈을 팔아도 놓치고 만다. 어제 시작된 연주가 다음 날엔 이미 2악장으로 들어서기 마련이니까. 하지만 집 안에서 그 음악이 연주된다면, 봄눈이 가만가만 잠에서 깨 깊이 바람을 들이마시고 몸을 부풀려 온전히 일어나 팔을 활짝 펼치기까지의 순간들을 오롯이 마주할 수 있다.

그들의 변화는 정말로 드라마틱하여 아침에 일어나서, 아침 산책에서 돌아와, 오전에 빨래를 널다가, 점심 산책을 나가다, 또 그저 한번 볼 때마다 매번 놀라고 감탄하게 된다. 그렇게 '어느새 봄이네'라는 문장은 '이렇게 봄이 오는구나'로 바뀌었다.

앵두나무 꽃은 벚꽃만큼이나 화사하다. 한낮에 빛을 받

으면 눈이 부셔 이마를 살짝 찡그려야 할 만큼 말이다. 처음 우리 집에 왔을 때는 작은 묘목이었다. 식목일에 이미 잎이 핀 채로 왔고, 다음 해에는 꽃보다 먼저 잎이 났다. 꽃은 아주 드문드문 피었다. 꽃이 달리지 않은 가지가 더 많았다. 그다음 해에는 꽃과 잎이 거의 동시에 났고, 꽃도 이전보다 많았다. 그만큼의 열매도 맺혔다. 얼마 되지 않았지만 처음으로 앵두주를 담그는 즐거움도 누렸다. 그리고 4년 차가 되자 꽃이 가지 전체에 촘촘히 달렸고, 나는 매일 응원처럼 하얀 꽃다발을 받아 드는 기분으로 앵두나무를 즐길 수 있었다.

앵두나무도 저다워지는 데 시간이 필요하구나 싶었다. 어린 나무가 저다워지는 데, 새로운 곳에 발 딛고 서는 데, 해도 잘 들지 않는 곳을 이겨내는 데에 말이다. 어떤 이유에서건 모두에게 시간은 필요한 법이고, 모두는 해내는 법이란 생각도 들었다.

앵두꽃이 지고 잎이 무성해질 즈음, 꽃잎이 떨어진 꽃받침을 밀며 연둣빛 둥근 열매가 몸집을 키우기 시작한다. 그러면 그 옆에서 내내 보라색 손을 꼭 오므리고 있던 라일락이 이제 자기 차례라는 듯 손을 펼친다. 향기로, 색으로, 깊어가는 또 다른 봄이 오는 것이다.

비바체로 연주되는 봄날의 미뉴에트는, 거듭 미안하지만 초록 식물로는 알 수 없는 기쁨이다. 그러니 추워질 때 추운 곳이 있다면(베란다나 실외 공간) 겨울에 잎을 다 떨구었다가 봄이 오면 눈을 내밀고 꽃을 피우는 나무를 하나 들일 것을 권한다. 이들과 함께 살기로 한 건, 내가 태어나 결정한 몇 안 되는 정말 잘한 일 중 하나임에 틀림없다.

오늘 핀 풀꽃을 가장 먼저

알
아
보
는
사
람

반려견 봄에게 고마운 걸 수천수만 가지도 말할 수 있는데, 그중 하나가 누구보다 많이 봄을 누리게 된 점이다. 그러니까 계절 봄 말이다.

봄이는 매일 산책을 한다. 그것도 하루 세 번이나. 게다가 특이한 데가 있다. 여기저기 쏘다닐 때도 있지만, 주로 같은 곳을 두세 번씩 돈다. 우리 집 골목을 기준으로 무한 대 기호를 그리기라도 하는 것 같다. 안 그래도 강아지들이 지나가면 똥오줌을 싸는지, 그걸 치우는지 지켜보는 사람 도 있는 터라 몇 분 만에 다시 나타나는 게 영 민망하다. 왜 저 사람은 계속 여길 맴돌지 생각할 것만 같다. 내가 봐도 수상쩍어 보인다. 하지만 봄이를 말릴 재간이 없으니 그대 로 쫓아다닌다. (산책 주도권을 온전히 봄이에게 주었고, 준 걸 다 시 뺏고 싶지는 않다. 이게 좋은 건지는 모르겠지만.)

봄이는 5분 만에 다시 찾은 그 골목을 처음 오는 것처 럼 찬찬히 살핀다. 5분 전에 냄새 맡은 꽃에 다시 코를 디 밀고, 어김없이 전봇대에 멈추어 선다. 무엇 하나 허투루 지나치는 법이 없다. 반면 나는 같은 골목을 맴도는 산책 이 지루해 멍하니 있거나, 이것저것 냄새 맡는 봄이의 뒤 통수만 보았다.

그러던 어느 가을, 같은 곳을 매번 처음처럼 훑는 봄이 의 마음이 궁금해졌다. 그래, 너의 시선이 되어보마 하는 마음이 생긴 것이다. 그렇게 봄 뒤통수가 아니라 봄이의 코가 머문 꽃을 바라보다가 꽃이 핀 담벼락을, 담벼락 위 에 드리워진 그림자를 보았다. 불쌍한 전봇대 위에 그려진 물줄기와 그 뒤에 놓인 길고양이 밥그릇과 밥그릇을 향해 다가오는 비둘기 세 마리도 보았다. 그리고 다시 그 골목으로 들어섰을 때, 아주 조금 달라진 풍경을 느낄 수 있었다. 아까와 달리 꽃에 벌이 하나 붙어 있었고, 그림자가 조금 흔들렸으며, 전봇대에 있던 누군가의 흔적은 말랐고, 그 아래 봄이가 남긴 흔적은 아직 선명했으며, 비둘기가 그새 식사를 마치고 갔는지 밥그릇에 사료는 몇 알갱이 남아있지 않았다. 그리고 또다시 그 골목으로 들어섰을 때, 벌은 떠났고, 그림자는 다시 선명해졌으며, 봄이의 흔적마저 사라졌고, 그 옆에는 감이 하나 떨어져 있었다. 그 길에서는 끊임없이 새로운 일들이 펼쳐지고 있었다. 분명 매 순간은 다른 세상이었다.

그 뒤로 나는 봄이 뒤통수에서 눈을 떼어 봄이처럼 5분 전과 달라진 세상을 즐기게 되었다. 덕분에 걷는 방향에 따라 구름의 모양이 달라진다는 것도 알게 되었고, 늘 거기 있었는데 몰랐던 담벼락 한가운데를 뚫고 나온 대견한 식물 한 줄기와 11월에 핀 주책맞은 개나리도 만날 수 있었다. 매일, 그것도 하루에 세 번씩이나 오가서 눈을 감고도 속속들이 그릴 수 있을 거라 장담하던 골목에 대해 모르는 게 많았다는 사실도 깨달았다.

그렇게 봄이처럼 무엇 하나 허투루 넘기지 않다 보니, 오늘에야 깨어난 풀꽃을 가장 먼저 알아보는(내 생각일 뿐이지만) 사람이 되었다. 나태주 시인이 「풀꽃」에서 "자세히 보아야 예쁘다"고 말한 풀꽃을, 발견해 주는 사람이 된 것이다. 물론 풀꽃은 자세히 보지 않아도 예쁘다. 나는 이름도 모르는 그 작고 어린 꽃들을 멀리서 보고도 바로 반하는 스타일이라, 발견한 순간 내 입에서는 이미 감탄사가 흘러나온다. 흙을 비집고 몸을 일으킨 여린 줄기와 보랏빛 꽃잎과 바다처럼 새파란 꽃들에 용기를 얻는다. 봄이의 콧구멍에 들어갈 것만 같은 작은 흰 꽃과 별처럼 떨어진 곳곳의 민들레와 "내가 너를 처음 만났을 때~" 하며 노래를 흥얼거리게 하는 제비꽃 덕분에 하루가 풍요로워진다.

봄이는 호기심도 두려움도 많다. 어떨 때는 두려움이 호기심을, 어떨 때는 호기심이 두려움을 이긴다. 두려움이 이긴 날에는(안타깝게도 대체로 그렇다) 익숙한 길만 걷는다. 하지만 길이 익숙할 뿐, 그 안에 펼쳐진 세상에 익숙해하지는 않는다. 늘 처음인 듯 신기한 마음으로 그 길을 즐긴다. 두려움보다 약했을 뿐, 호기심을 버리진 않는 것이다.

물론 호기심이 두려움을 이겨내기도 한다. 그럴 땐 새 길 하나를 얻어 돌아온다. 덕분에 나는 20년 넘게 이 동네에 사는 사람도 모르는 골목들을 알게 됐고, 비밀 정원처럼 펼쳐진 풀꽃 길도 여럿 발견했다.

언제부턴가 나는 호기심을 느끼지 않았다. 나의 호기심을 주저앉힌 것이 두려움인지 귀찮음인지는 잘 모르겠지만, 나이를 먹을수록 호기심 같은 건 필요 없는 것처럼 느껴졌다. 하지만 호기심이야말로 매일 성실하게 길을 나서게 하고, 그 길을 새롭게 만나게 하는 힘이란 생각이 든다.

봄이가 아니었다면, 나는 그저 걷는 사람일 뿐 '산책자'가 되지는 못했을 것이다. 봄에게 산책하는 법을 배운 덕분에 마른 풀 사이에, 담벼락 아래에, 전봇대 밑에, 담장 사이에 빼꼼 고개를 내미는 봄을 모두 만날 수 있게 되었다. 봄을 제대로 누릴 수 있게 되었다. 이 멋진 수업의 대가로 내가 지불하는 건 긴 산책이니, 세상에 이렇게 수지맞는 일이 또 있으랴 싶다.

식물을 가꾸듯
나를 가꾸는

하
루

내 방은 다락에 있다. 그곳에서 일도 하고 글도 쓰고 요가도 한다. 경사가 꽤 급한 삼각형 박공지붕이라 가운데 꼭짓점을 따라 걸을 때만 허리를 꼿꼿하게 펼 수 있지만, 이 모든 일을 하는 데 별 무리가 없다. 오히려 이 독특한 구조 때문에 일을 하다 쉬고 싶을 때, 글을 쓰다 고민이 깊어질 때, 머리를 지붕에 기댈 수 있어 좋다. 그런 채로 고개를 돌리

면 창으로 앞집 지붕과, 그 뒤로 솟은 뒷산 나무들과, 그 위로 펼쳐진 하늘이 보인다. 창 앞에는 페페로미아와 무늬아이비가 있는데, 이들도 하늘을 보고 있다가 마찬가지로 그러고 있는 나를 뒤돌아본다. 우리는 종종 그렇게 눈을 맞추고 웃는다.

마당의 나무들이 봄눈을 틔울 무렵, 페페로미아도 새잎을 틔우기 시작했다. 타원형 잎에 길게 세 줄이 그어진 것이 아몬드 같아 아몬드 페페로미아로 불리는데, 가지 끝마다 뾰족 솟은 여린 잎이 두세 장으로 갈라져 짙어지고 있다. 이에 질세라 무늬아이비도 줄기를 뻗고 새잎을 내민다. 이들의 봄은 마당 나무들에 비하면 무척이나 조용하고 느리다. 가지 끝에 돋은 연두가 아기 새의 입처럼 벌어지기까지도 한참이다. 그래서 내가 호들갑을 떨며 감탄사를 쏟아내지는 않지만, 변화라기보다는 성장의 시간을 보내고 있는 이들은 그 누구보다 내게 용기를 준다.

이 초록들은 (앞에서 말했듯) 내 공간을 새롭게 꾸미고 이 안에서의 시간들을 성실히 가꿔보자 하는 마음으로 들인 터라, 한 공간에서 우리는 서로를 지켜봐 주고 응원해 주는 사이가 되었다. 작은 성공들을 축하하며 함께 성장해 나가는 동지가 된 것이다.

사실 나의 봄이야말로 엄청나게 조용하고 느리다. 성장이라는 말을 붙이는 게 민망할 정도다. 가지 끝에 연두를 내밀기까지가 한참이니 말이다. 부지런히 뭔가를 하고는 있는데, 대부분 제자리걸음이다. 아니 그래야 제자리이다. 뒤로 물러나지 않고 그 자리를 지키는 것이 고작 나의 성장인 셈이다. 일과 글은 물론, 요가도 그렇다.

요가는 3년쯤 배웠는데, 코로나19로 수업이 중단된 뒤하지 않다가 온라인 수업이 재개되면서 거의 반년 만에 하게 되었다. 요가를 곁에 두는 생활이 얼마나 좋은지 알았으면서도, 혼자 하는 요가가 습관이 되지는 못한 것이다. (좋은 습관을 들이는 것과 나쁜 중독을 끊는 건 왜 이리 어려운 걸까.)

요가를 하는 동안은 온전히 나에게 집중하게 된다. 요가를 하기 전에는, 공기가 코에서 배꼽 아래까지 가는 내 몸의 길을 상상해 본 적이 없었다. 손가락 끝부터 발가락 끝까지 동시에 내 몸을 살핀 적도 없었다. 온몸에 골고루 힘을 주는 것도 하지 못했다. 그러니까 팔에 힘을 주면서 허

변화라기보다는
성장의 시간을
보내고 있는 이들은

그 누구보다 내게
용기를 준다.

리와 다리까지 신경 쓰는 건 몹시 어려운 일이었다. 팔에 힘을 줄 때도 내 팔이 아니라 힘주어 해내야 하는 일에, 힘쓰는 대상에 초점을 맞췄다.

요가를 배우며 오롯이 내 몸에, 내 호흡에, 내 마음에 집중해 보면서 그런 일들에 몹시 서툴렀다는 걸 알게 되었고, 그런 만큼 더 애쓰게 되었고, 결국엔 지난날과 아주 조금은 다른 지점에 놓이는 나를 발견하게도 되었다. 요가는 내게 그야말로 성장의 시간이었다.

하지만 반년 만에 그 말은 무색해졌다. 고작 반년 게으름을 피웠을 뿐인데, 제자리는커녕 몇 년쯤 뒤로 처져버린 상태였다. 일어난 지 30분도 안 돼 풀리지 않은 몸으로도 거뜬히 했던 동작들조차 제대로 되지 않았다. 반년 전의 나를 따라잡기 위해 수업이 없는 날에도 저장된 동영상을 보며 매일 요가를 했지만, 겨우 1년쯤 전의 나를 따라잡았을 뿐이었다.

그 뒤로는 계속 제자리걸음 상태였다. 더 나아가지 못했고, 며칠이라도 쉬게 되면 당황스럽게도 겨우 되던 동작이 다시 되지 않았다. 특히나 박쥐 자세가 그랬다. 박쥐 자세는 반년 전 완벽하지는 않더라도 다리를 벌린 채 가슴을 땅에 대고 손을 등 뒤에서 깍지 껴 팔을 위로 뻗는 게 가능했다. 하지만 지금은 자극이 너무 심해 가슴을 땅에 댈 수도 없었다. 다리도 활짝 펼치지 못했다. 속상했지만, 절대 무리해선 안 되니 내가 할 수 있는 만큼만 했다. 그리고 그 상태를 유지하는 것을 성장이라 위안했다. 뒤로 물러난 만큼 다시 돌아오는, 같은 성공을 반복하며 만족했다.

그런데 오늘, 다리를 펼치고 한쪽으로 몸을 기울이는 동작을 할 때였다. 여느 때처럼 내가 할 수 있는 지점이라 생각되는 곳에서 멈추고는 기울어진 몸을 받치기 위해 손에 힘을 주었다. 그 상태에 머물며 내 몸과 호흡에 집중하려 애를 쓰는데, 몇 십 초도 지나지 않아 온 신경이 부들거리는 손에 쏠려 호흡이 점점 흐트러졌다. 고통은 분명 내가 충분히 감당할 수 있는 정도였다. 그새 또 뒤로 물러나 버린 건가 한숨을 쉬며 무릎과 발목 사이에서 힘줄이 불거진 채 부들대는 손을 보았다. 이곳에서 무너지지 않기 위해 안간힘을 쓰는 건지, 예상되는 고통이 두려워 더 나아가지 않으려고 버티는 건지 헷갈렸다.

사실 이 자세에서는 기운 몸을 받치는 손이 아니라, 반대편 옆구리에 힘이 들어가야 한다. 옆구리를 천장 쪽으로 끌어 올리는 힘으로 몸은 기울 수 있는 정확한 지점을 찾아갈 수 있다. 흐트러진 호흡을 가다듬고 잊었던 옆구리에 집중하며, 숨을 아주 크게 뱉으면서 손에 주었던 힘을 풀었다. 분명 옆구리를 위로 끌어 올렸지만, 오히려 몸은 조금 더 아래로 기울었고, 힘들게 버텼던 곳에서보다 신기하게도 고통이 더 줄어들었다. 내가 정한 선이 내가 해낼 수 있는 작은 성공의 기회를 막았던 것이다. 조금 더 기울어진 정도는 나만 알아챌 만큼의 아주 작은 차이였지만, 내겐 큰 발견이었다.

봄이 짙어질수록, 페페로미아와 무늬아이비는 리듬을 타기 시작했다. 나도 조금 더 부지런히 작은 성공들을 쌓아나갈 생각이다. 내가 하는 일에 대해, 하려는 것들에 대해, 마음에 대해서 말이다. 작고 느리지만 여전히 내게도 성장은 유효하니까.

아, 내가 바라는 발전 중에는 '그린 핑거'로 거듭나는 것도 있다. '식물 킬러'에서 동지가 되었으니, 어찌 보면 가장 쉬운 일인지도 모르겠다.

수국으로 살아온
불두화를

위
해

"어머!"

무심코 앵두나무 아래를 내려다본 내 입에서, 앵두나무 봄눈을 볼 때보다 백배는 커다란 감탄사가 터져 나왔다. 죽은 줄 알았던, 분명 죽었다고 생각했던 작은 수국 줄기에 연둣빛 잎눈이 점점이 박혀 있었기 때문이다.

그러니까 이 수국은 지난여름, 테이블에 놓을 꽃을 사러

갔다가 데려온 녀석이었다. 길어야 보름쯤 피었다가 시들고 마는 꽃보다는, 흙에 뿌리를 내린 꽃을 곁에 두는 것이 아무래도 마음이 무겁지 않을 것 같았다. 하고많은 것 중에 수국을 선택한 건, 내 두 주먹보다 크고 탐스럽게 핀 한 줄기 분홍색 수국이 몹시 아름답기도 했고, 수국에 한이 맺혀 있기 때문이기도 했다.

　마당에 화단을 만들고 심을 나무를 정할 때, 수국나무는 내게 일순위로 정해진 나무였다. 특별한 인연이 있는 건 아니지만, 어릴 적 동네에서 봤던 수국들에 여름을 기대었던 기억이 늘 좋게 남아 있었다. 동글동글한 웃음을 닮은 꽃 덕분에 웃을 일이 많아지길 바라는 마음도 있었다. 하지만 수국나무는 겨울을 난 뒤, 한 번도 꽃을 피우지 않았다. 봄이면 초록색 새 줄기를 쭉쭉 뻗고, 잎도 무성하게 달면서 꽃만큼은 내주지 않았다.

　그래서 아쉬운 대로 작은 화분에 키울 수 있는 수국을 데려온 것이다. 수국은 가을까지 피어 있는 데다 물만 잘 주면 다음 해에도 꽃을 피운다는 화원 사장님의 말에 '식물 킬러'로서의 걱정도 일단 접었다. 테이블 위에 두고는 거의 매일 물을 주었다. 활짝 핀 채 왔던 꽃은 금세 시들었지만, 옆 줄기에 새 봉오리가 올라와 괜찮았다. 하지만 그 녀석도 벙글어졌다 곧 시들었고, 짙은 초록색 잎으로만 여름을 나더니 가을이 오기도 전에 잎도 시드는 듯했다.

수국 한번 원 없이 보는 게 내게는 과한 욕심인 걸까 싶었다. 결국 마음을 접은 나는 화분을 마당에 내놓았고, 잎이 완전히 시들자 뿌리째 화분에서 빼내어 앵두나무 아래 묻어주었다. 그러니까 앵두나무 아래는 꽤 많은 식물의 무덤인데, 하다못해 프리지어도 시들면 쓰레기통이 아닌 화단에 둔다. 식물도 죽으면 흙으로 돌아가야 할 것 같아서다. 그런데 이날 왜 그랬는진 모르겠지만, 흙 위에 그냥 두거나 묻은 게 아니라 줄기를 심었다. 잎은 시들었지만, 줄기가 단단해 보였기 때문이었는지도 모른다.

검지만 한 줄기를 그렇게 묻어주고는 그날의 일은 잊었다. 그랬는데 겨울이 지나고 봄이 오자, 이 기특한 수국이, 죽었다고 생각한 수국이 봄눈을 틔운 것이다. 작은 화분에 담겼던 어린 식물이 바깥에서 혼자 겨울을 났다는 것도, 마당의 흙이 그 어린 식물을 품었다는 것도 놀랍기만 했다. 나 몰라라 버려둔 마음이 보란 듯이 혼자 커버린 것만 같았다.

식물은 나보다 강하고 단단한 존재라는 경외심과, 나는 왜 이렇게 쉽게 돌아서는 사람일까 하는 미안함이 동시에 밀려들었다. 겨우내 나를 전전긍긍하게 했던 소국화가 피어날 기미가 없어, 또다시 마음이 흔들리던 참이었다. 수국에게 따끔한 핀잔을 듣기라도 한 듯, 소국화에게도 다시 애정을 끌어 올리며 수국을 돌보았다. 하필 앵두나무 아래에 심어, 볕이 부족해 못 자라는 건 아닌지 하는 나의 염려를 비웃듯, 수국은 수국나무가 잎을 틔우는 것과 거의 박자를 맞춰 새잎을 올렸다. 손가락만 한 줄기에서 나온 잎들이 단단한 가지에서 난 것보다 더 쨍한 초록인 듯했다.

그런데 올해는 꽃을 피울지, 꽃대가 올라오긴 했는지 번갈아 세심히 살피다가, 뭔가 이상한 걸 느꼈다. 분명 둘 다 수국인데, 잎 모양이 다른 게 아닌가. 나무 수국은 아이비처럼 끝이 세 갈래로 나뉘었고, 작은 줄기 수국은 매끈한 타원형이었다. 줄기 수국을 유럽 수국이라고도 부르던데, 원산지에 따라 잎 모양이 다른 건가 싶었다.

그리고 이것저것 찾아본 결과 알게 된 사실! 내가 이제

껏 수국이라 믿었던 것이 수국이 아니었다! 어릴 적 놀이
터 앞에 있던 그것도, 우리 집 마당에 있는 것도, 어느 날엔
가 어디선가 나를 웃음 짓게 했던 그 모든 나무가, 수국이
아니라 불두화였던 것이다. '식스 센스'급 반전이었고, 어
이가 없어 헛웃음이 나왔다. 부처님 머리 모양을 한 꽃이란
뜻이라는데, 왠지 맑았던 느낌이 무거워진 듯했다. 불두화
라니. 불두화라니. 그러니까 여태 불두화에게, 수국 키우
는 법, 수국 물 주기, 수국 월동 등의 정보를 찾아 적용했
던 거고, 불두화에게 수국이라 불렀던 거다. 불두화가 부
처를 닮아 자비롭다니 이런 무지한 나를 이해하고 견뎌준
거겠지만.

　　맑은 느낌은 사라졌으나, 내게 위로를 주었던 그 미소들
이 부처의 마음이라 생각하니 또 그럴듯한 기분이 들었다.
진짜 수국 덕분에, 진짜 수국이 다시 피어나 준 덕분에 아
주 많은 것을 알게 된 날이었다. 오래도록 내가 믿어왔다고
해서 그게 진짜는 아니라는 사실. 많은 사람이 그렇게 여긴
다고 해서 다 참은 아니라는 사실. 제대로 들여다보지 않으
면 어떤 것도 진짜를 알 수 없다는 사실. 그리고 나무는, 흙
은, 정말 위대하다는 사실까지. (그나저나 화원 사장님은 수국

을 달라던 내게 왜 불두화를 주었을까?)

진짜 수국 덕분에 앞으로 나는 조금 더 오래 마음을 쥐고 있을 수 있을 것이다. 그들의 위대함을 믿고 기다리는 마음이 될 수 있을 것이다. 무엇보다 불두화를, 더불어 수국을, 잘 키울 자신도 생겼다. 불두화가 왜 쉽사리 꽃을 보여주지 않는지는 이제부터 제대로 알아볼 생각이다. 어쨌든 겨울에 비닐로 덮어씌우는 우스꽝스러운 일은, 이제 정말 하지 않아도 된다.

살아남는 일에 지치지

않 도 록

나는 아직 스마트폰을 쓰지 않는다. 매일 집에, 그것도 컴퓨터 앞에 있다 보니 굳이 스마트폰이 필요하지 않다. 오히려 지금 쓰는 휴대폰이 고장 나 어쩔 수 없이 스마트폰을 써야 하는 상황이 오면 귀찮아질 거란 걱정부터 하고 있다.

외출할 때는 주머니에 작은 폴더폰과 카드지갑만 챙겨 나서도 되어 좋다. (가방도 필요 없다.) 한여름 주머니 없는 옷을 입고 산책을 나설 때도, 주먹만 한 폴더폰을 들고 있는 건 불편한 일이 아니다. 저렴한 사용료도 매력적이다. 카톡을 안 해 불편한 건 내가 아니라 대체로 상대방이고, 오히려 그 덕분에 6시 이후 거래처들의 갑작스러운 부탁이나 재촉을 피할 수 있어 좋다. 거래처들은 오로지 메일로만 연락을 하고, 나는 언제 온 것이든 다음 날 오전 9시에 확인한다. 그러니까 다급한 일이 아닌데도, 바로 처리하고 싶어 하는 성격 급한 상대의 페이스에 말리거나 그것 때문에 내 생활이 침해당하는 일은 없다.

하지만 요즘 들어 약간의 고민이 생겼다. 일단 음식점에 가면 굳이 수기 작성란(출입자 명부)에 내 번호를 남겨야 하고(어떤 곳은 아예 수기 작성표를 준비해 놓지 않아 서로 곤란한 적도 있다), 혼자 있을 때는 배달을 시키는 것도 할 수 없다. 게다가 앱으로 사용해야 더 편리하고 가능한 것들이 속속 생겨나는데, 그중 하나가 바로 당근마켓이다. 중고 물품을 애용하는 나로서는 그 앱이 무척 반가웠고, 누가 이런 기특한 생각을 했을까 싶었다. 물건을 가지러 멀리 가지 않아도 되고, 미리 돈을 보내고 물건이 올 때까지 마음 졸이지 않아도 되니 말이다. 너무 휙 지나가 버려 마련하기 애매했던 간절기 겉옷도, 수건을 죄다 삶고 싶었던 여름날 갈비탕집에서나 쓸 것 같은 커다란 들통도, 계단 맨 아래 칸이 부서져 부랴부랴 임시방편으로 마련한 작은 피아노 의자도 동네에서 구했다. 그리고 새 식구, 스킨답서스를 이 앱을 통해 동네 사람에게서 얻었다.

그동안 새 식물을 들이는 일에 꽤 주저했으나, 이제 식물을 들이고 싶은 마음과 그러면 안 된다는 마음이 싸우는 일은 없다. 그간 식물들이 죽은 이유를 뒤늦게나마 알았고, 이제는 꽤 진심이 되었으니 다시 시작이란 걸 해보고 싶어졌다.

너무 여러 번 말해 "우리 집은……"이라고 말을 꺼내면 '또 그 얘기야?' 하고 지겹다는 듯 고개를 절레절레 흔들지도 모르겠지만, 한 번만 더 말하자면 우리 집은 볕이 많이 들지 않으니(아, 이젠 정말 그만 말해야지), 일단 음지에서도 잘 자라는 식물을 찾아보았다. 그 과정을 통해 커다란 몬스테라에 대한 호기심은 접었고, 아레카야자에 대한 죄책감도 털어낼 수 있었다.

해가 잘 들지 않는 구석에서 초록을 뻗어나가는 야자과

식물은 애초에 불가능한 것이었다. 한겨울 어두운 구석에 따가운 태양을 연상시키는 남국의 식물이 자라난다면 자랑 삼을 만한 일이겠지만, 엄청난 실력자라도 그건 불가능할 것이다(물론 온실처럼 이들을 위한 난방기구를 틀고, 내내 식물등을 켜주면 가능할 테지만). 태생적으로 타고난 본질에 거스르는 것을 성공이라 말하고 싶지도 않고.

우리 집에서 몬스테라나 아레카야자가 풍성해지는, 아니 살아가는 일에 마음을 접은 건, 본성을 인정하고 받아들이겠다는 뜻이기도 하다. ('사랑하니까 보내줄게'라는 말이 늘 비겁한 변명이라고만 생각했는데, 그렇지만은 않다는 걸 깨닫는다.) 기본적인 환경조차 만들어줄 수 없는데 데려오는 건 속박이고 억압이다. 그러니 그런 식물에 대한 마음은 접되, 초록과 함께하려는 나의 마음까지 접지는 않게, 손을 내밀어 줄 식물을 찾아본 것이다.

게다가 '음지에서도 잘 자라는'이라는 조건은 곱씹을수록 너무 매력적이다. 그런 꿋꿋함과 적응력이 쉽게 용기를 잃고 자주 무기력해지는 나를 다그쳐 줄 테니, 오히려 좋은 친구가 될 수 있을 듯했다.

그렇게 찾은 초록이 바로 스킨답서스였다. 음지에서도

잘 자라는 것은 물론, 병해충에 강한 저항성을 갖고 있고, 번식력도 강해 '가장 관리가 쉬운 식물'이라고 식물 사전에도 명시되어 있는 녀석을, 왜 이제야 발견했나 싶었다. 사람들이 스킨답서스를 어떻게 키우나 봤더니, 누군가는 창도 없는 부엌에(스킨답서스가 공기정화 능력도 최고란다) 두었는데 거의 덩굴을 이루었고, 작은 화병마다 물꽂이마저 되어 있었다. 시작을 함께하기에 좋은 녀석이란 확신이 들었다. 그러니까 실패 이후, 새로 시작하려는 나와 함께하기에 딱인 녀석이었다. 녀석이 잘 자라더라도 나는 자만하지 않을 테고, 혹여 잘 자라지 않더라도 내가 의기소침해질 만큼 더디진 않을 테니 말이다.

그런데 식물도 유행을 타는지 그 많은 동네 화원에 스킨답서스가 없었다. 그러고 보면 요즘 화원에는 행운목이나 벤자민 등을 볼 수 없다. 그 대신 예전에 보지 못했던 아레카야자, 몬스테라, 금전수가 사람들의 눈길을 사로잡고, 최근엔 유칼립투스도 종종 보인다. 스킨답서스를 가져다 달라고 부탁을 드릴까 하다가 집으로 돌아와 남편 휴대폰을 빌려 앱을 열었다.

중고 거래 앱에서 식물 카테고리는 들여다볼 생각을 안 했는데, 키우던 식물을 내놓는 사람이 꽤 많았다. 이사를 가야 해서, 감당이 안 될 정도로 너무 많아서, 선물을 받았으나 키울 자신이 없어서 등등 이유도 종류도 다양했다. 그리고 딱 적당하다고 생각되는 크기의 스킨답서스도 있었다. 누군가 오래 키워 제법 많은 시간을 집이란 공간에서 살아온 초록이, 화원에만 있던 녀석보다는 잘 적응할 것 같았다. 그렇게 본격적인 초록의 계절로 들어서는 늦은 봄, 새 초록 식구를 맞이했다.

스킨답서스가 쉽다고는 하지만, 모든 게 그렇듯 절대적인 건 없다. 누구에게나 쉬운 일이 나에게는 어려울 수 있다. 하긴 그런 거라면 백 개쯤은 말할 수 있다. 누구도 아무렇지 않아 하는 일에 나는 온몸이 잔뜩 긴장되고, 너무 쉽다고들 하는 일도 수십 번 속으로 연습을 해야 하니까. 하지만 쉬워지지 않는 일에 절망할 건 없다. 쉬워지지 않는 마음으로 남보다 조금 더 애쓰면 될 일이다. 쉬워지지 않을 뿐, 못 하는 건 아니니까.

스킨답서스는 결국엔 죽고 말 것 같은 아레카야자 옆에

놓았다. 결국 또 한 녀석을 죽인 '식물 킬러'가 되어버렸지만, 우리 집에서 살아갈 수 없는 식물을 데려오던 4년 전의 나와는 다른 내가 되었으니, 아레카야자로 인해 한 발 더 나아가는 내가 되었으니, 그것으로 되었다고 마음을 다독인다.

쉽지 않았던 아레카야자를 돌보듯, 스킨답서스를 살필 생각이다. 녀석의 단단한 생명력에 기대지 말고, 쉬워지지 않도록 마음을 다잡으며 지켜볼 생각이다. 궂은 환경에서 살아남는 일이 가능과 불가능으로만 나뉘어선 안 되니까. 안간힘을 써 적응할 순 있겠지만, 그건 행복한 삶은 아닐 테니까. 초록들도 내가 바라는 나의 삶처럼, 그 자체로 자연스러워 저답게 평온하길 바라니까. 원치 않는 환경에 놓여 살아가는 일에, 살아남는 일에 힘을 쏟느라, 지치지 않아야 하니까.

웃는 사람,
웃음을 나누는

사
람

나는 단독주택이 모여 있는 동네에 산다. 최근 들어 형성된 주택 단지가 아니라 꽤 오래된 동네다 보니 웬만한 집들은 집만 한 혹은 집보다 큰 나무들을 갖고 있다. 겨울 지나 봄이 무르익을 무렵이 되면, 여기저기 피어나는 연두에 동네 전체가 새로워진다.

　우리 집에는 앵두나무와 라일락, 남천, 불두화(흑, 수국이 아니라 불두화)뿐이지만, 나무를 심고 가꾼 누군가의 마음 덕분에 산수유 꽃이 아스라이 번져가는 시간을 함께할 수 있다. 한들거리는 회화나무가 언제나 아름다운 노란연둣빛이란 것도, 고개를 내밀기 시작한 담쟁이덩굴이 순식간에 벽을 휘감는다는 것도 알게 된다.

내가 이런 사치를 누리는 건 주택이 있는 동네에 살아서만은 아니다. 예전에 빌라에 살았을 때도 옥상에 고추며 방울토마토를 심고 가꾸던 4층 아저씨 덕분에 식물이 계절에 속해가는 이야기를 가까이에서 들을 수 있었다. 그날의 근심을 털어내고 아주 조금이라도 더 나아지는 내일을 다짐할 수 있었던 건, 퇴근 후 옥상에서 바라본 하늘과 매일매일 자라나는 초록들 덕분이었다.

나무를 가꾸는 건 그저 자기만의 세상을 일구는 데 그치지 않고, 나무가 알려주는 모든 환희의 순간을 주변 사람들과 나누려는 큰마음에서 비롯되는 게 아닌가 한다. 그러니 나는 누리기만 하고 아무것도 나누지 않는 얌체라는 생각이 드는 것이다. 멀리 나서지 않더라도 철마다 조경사를 불러 소나무를 정성스레 다듬는 옆집 덕분에 우리 집 지붕 위엔 사시사철 초록이 살고 있고, 매화며 장미며 철마다 다른 꽃들이 하얀 담장 너머로 고개를 내미는 앞집 덕분에 대문을 나설 때마다 기분이 좋다.

하지만 우리 집 마당에 있는 나무들은, 높지도 않은 담벼락보다 커져서 길가로 고개를 내밀려면 아직 멀었고, 화단이 작아 그 정도로 크지 못할지도 모르니 이들을 나누는 건 불가능해 보인다. 봄날, 담으로 둘러싸인 숲길 같은 동네 산책을 마치고 돌아올 때면, 우리 집만 달라지는 시간들에 끼지 못하고 혼자 풀이 잔뜩 죽은 아이 같아 마음이 불편하다. 그럴 때면 집이 아니라 건축물 같다는 생각도 든다.

그래서 봄마다 '어떻게 해야 초록을 더할 수 있을지' 남편과 논의를 하곤 했지만, 화분과 화단 사이에서 결론을 내리지 못하고 결국 흐지부지 더운 여름을 맞곤 했다. 그러다가 올해, 드디어 대문 옆에 화단을 만들기로 마음을 먹었다.

화단을 만드는 건, 화분을 놓는 것과는 다른 마음이다. 화분이 '하다 안 되면 말고' 하는 약간의 여지를 두는 일이라면, 화단은 '제대로, 끝까지, 계속' 식물을 심고 가꾸겠다는 의지니까. 그러니까 화단에 내내 망설였던 내가, 빈 화분에조차 새로 무언가를 심는 일에 주저하던 내가, 결심을 한 것이다. 실패를 거듭하더라도 계속, 해보는 사람이 되기로 한 때문이고, 그사이 마당 나무들이 커가는 것을 보면서 자신감이 생긴 덕분이다. 길가 대문 옆이라면 마당보다 해가 훨씬 많이 드니 그곳 식물들은 더 잘 자라리라는 믿음도 한몫했다.

이미 벽돌로 화단을 한 번 만들어보았으니, 화단 만드는 건 일도 아니었다. 할까? 하는 고민은 오래 하는 편이지만, 하자! 하고 결정을 내리면 말이 떨어지기 무섭게 해치워 버리는 우리는, 식목일이 지난 어느 일요일, 철물점에서 벽돌을 사 와 오전 내내 화단을 만들었고, 오후에 화원에서 흙과 나무를 사 와 화단을 완성했다. 두 걸음이 채 안 되는 길이의 화단에 심을 나무를 결정하는 데는 1초의 고민도 필요 없었다. 이제라도 진짜 수국을 키워보자 싶었으니까.

수국은, 이름처럼 물을 워낙 좋아해 봄부터 여름까지는 거의 매일 물을 주기만 한다면, 마당 나무들이 그렇듯 단

아주
조금이라도
더 나아지는
내일을
다짐할 수
있었던 건,

퇴근 후
옥상에서
바라본 하늘과
매일매일
자라나는
초록들
덕분이었다.

단히 뿌리를 내리고 부지런히 자기만의 세상을 만들어갈 것이다. 어린 초록 줄기로도 영하 10도 밑으로 떨어지는 추위를 견디고, '이쯤은 아무것도 아니지 않느냐'며 움츠러드는 나를 일깨울 것임이 틀림없다. 모든 초록은 나보다 단단하니까.

며칠 뒤, 앞집 아주머니께서 "덕분에 집을 나설 때 기분이 좋다"며 웃으셨다. 너무너무 잘했다는 칭찬과 함께. 우리가 앞집 장미 덕분에, 매화 덕분에 행복했던 시간을 치자면 너무 보잘것없지만, 이제라도 보답을 한 거 같아 기분이 좋았다.

아침에 일어나서 할 일이 하나 더 생겼다. 봄이 산책을 하고 돌아와 기다리고 있는 고양이에게 캔사료를 하나 내주고, 수국에 물을 잔뜩 준다. 매일 이 길을 오가는 사람들이 피고 자라고 무성해지는 변화를 알아채는 소소한 기쁨을 누리길 바라면서 말이다.

산책에서 돌아오는 길, 분홍빛 꽃에, 초록에, 그리고 발길을 멈추고 들여다보는 사람들에, 웃는 걸음이 된다. 행복을 나누는 일이 이보다 쉬울 수 있을까. 초록 덕분에 겨울을 지나 봄으로 오는 사이 나는 웃는 사람이 되었고, 나무 덕분에 웃음을 나누는 사람이 되었다. 그사이 가장 자라난 건, 어쩌면 내 마음인지도 모르겠다.

3장.

더해가는
×
짙어지는,

여　름

"저마다 다른 제목으로 기록될
모든 날들을 위해"

짙은,
초록의 이야기가

완
성
되
려
면

계절을 나누는 나만의 기준이 있다. 미스킴 라일락이 펼쳐
냈던 수천 가지 보랏빛 이야기가 끝이 났다면, 그리하여
흰빛으로, 다홍으로, 보라로, 날마다 다른 이야기를 풀어
냈던 마당의 나무들이 초록의 이야기를 시작한다면, 여름
이 왔다는 뜻이다. 절묘하게도 그즈음은 입하(立夏)를 지
나 소만(小滿)을 며칠 앞둔 때이니, 이들의 이야기는 이제

부터 본격적으로 세상을 채워보겠다는 포부나 다름없다.

덩달아 나도 바싹 긴장을 한다. 여름은, 나무들이 저 혼자 깊어지고 피어나고 자라던 날들과 다르다. 심한 갈증을, 자신을 좀먹는 벌레를, 넘치는 비를, 스스로 어찌할 수 없으니까. 초록의 이야기가 제대로 완성되려면, 절대적으로 내 역할이 필요함을 모르지 않는다. 고작 일주일에 한 번쯤 물이나 주면서 온갖 호사를 누렸던 시간은 끝났고, 자연에 맡겼던 일이 모두 내 책임이 되는 계절이 온 것이다.

더불어 아무리 변하지 않는 계절 속에 있다고는 하나, 봄을 지나는 동안에도 새잎 하나를 내지 않고 겨울과 다름없는 모습을 하고 있는 거실 초록들도 '소만의 시간', 그러니까 무성해지는 시간을 가져야 할 때이다. 초록이라면 품을 법한 그 꿈을 놓치지 않게 하는 것도 내 책임이란 생각에 마음이 묵직해진다. '변하지 않는' 그리고 '새로워지는' 두 계절 사이에서, 빈 가지보다 초록에, 초록보다 꽃눈에, 자꾸만 한쪽으로 기울던 마음은 그렇게 중심을 잡는다. 그리고 균형을 이룬 틈에 이들은 조금 더 내 안쪽으로 들어온다.

균형을 잃지 않으려고, 긴장을 늦추지 않으려고, 구태여 '책임'이란 말을 중심축에 매달긴 했지만, 그것 때문에 쓸데없이 비장해지거나 조급해져선 안 된다. 그러려면 무엇보다 다르게 해석될 여지가 있는 '채우다'라는 말의 정의를 차분히 헤아려야 한다.

사실 사람과의 '반려'를 택한 나무에게 여름은, 겉으로는 오히려 작아지는 계절이다. 여름 사이 몇 번이나 가지치기를 하게 될지 알 수 없다. 깊은 땅속이 아닌 작은 화단에 내린 뿌리가 지켜야 할 선이 있듯, 가지와 잎도 그렇다. 게다가 여름에는 웃자라는 게 대부분이니 벌레들의 먹잇감이 되기만 하는 연약한 잎들은 모두 잘라야 한다. 그러니까 장대비처럼 물을 주는 일이 무성한 초록을 향한 일념은 아닌 셈이다.

세상을 채워보겠다는 너의 포부를 들어주겠노라는 나의 마음이 거짓이 아니고, 뻗어나가는 잎을 자르는 나의 행동이 그에 반하는 것이 아니라는 것을 이해하려면, 또 죽지는 않은 것 같은데 자라지도 않는 거실 식물들을 다그치지 않으려면, 그리하여 모두가 초록이 된 계절의 이야기가 정말로 아름답게 이어지려면, '채우다'가 공간이 아닌 시간의 일이 되어야 한다는 데 생각이 미친다. 공간을 빽빽하게 자기 것으로 넘치게 하는 게 아니라, 시간을 온전히 제 뜻으로 이어가는 것. 속까지 완전한 초록으로 만드는 시간. 오롯이 제 빛으로 채워지는 날들. 그러니까 채움은 결과가 아니라 과정의 일이라고, 여름은 그런 시간이면 되지 않겠느냐고.

'소만'은 만물이 점차 생장하여 가득 차는 때를 이른다고 한다. 처음엔 이 단어가 몹시 이상했다. 작게, 가득 차다, 라니. 상충되는 두 글자가 놓인 것만 같았다. '점차'에 방점을 찍으면 그나마 좀 이해가 된다. 점차 채울 테니 지금이 가장 작은 상태라고 언뜻 생각할 수 있다. 그런데 추위(寒)나 더위(暑)나 눈(雪)처럼 작은 것 뒤에 큰 것이 오는 여느 절기와 달리, '소만' 다음에는 '대만'이 없다. 그러니 적어도 '소'의 기능은 비교는 아니다. 또 채우는 일의 시작점도 아니다. '이만큼'이 절정이라는 기준도, '이때까지'의 정해진 기간도 없으니 말이다.

　　고민 끝에 '소'와 '만' 사이에 '그리고'를 써넣어 본다. 그제야 각각은 공간과 시간을 담당하는 글자로 이해되고, 내가 바지런히 이뤄야 할 상태와 잃지 말아야 할 마음으로 선명해진다. 스스로 세운 기준을 제대로 뒷받침해 줄 해석을 찾아내고는 기분이 좋아진다. 작아지는 것과 채워지는 것이 다르지 않다는 것까지는 아직 내가 알지 못하는 경지이다. 하지만 이 정도의 답을 찾아간 것만으로도, 그 방향으로 나아가고자 한다는 것만으로도, 내가 조금 마음에 들어 설핏 웃는다.

이참에 초록 앞에 습관처럼 붙였던, 그 바람에 오히려 늘 절망하게 됐던 '무성한'이란 수식어를 지우고 그 자리에 '짙은'을 놓았다. 그러고 나니 중심축에 단 책임이란 말도 더는 무겁거나 무서워지지 않는다. '반려'의 관계에서 책임이란 것도, 해내는 일이 아니라 함께하는 과정이라는 것을 이제 좀 알게 된 덕분이다.

소만으로 시작하여 어쩌면 소만으로 끝날 이야기. 매일매일 온전한 초록으로 빛나기 위해 제게 집중해야 하는 시간. 그런 각자의 일상이 얽혀 자연스레 함께 굴러갈 계절, 여름이다.

나를
좋아하게 된

기
억

나는 세심한 사람으로 평가된다. 누군가 몇 달 전, 아니 몇 년 전 흘리듯 한 얘기도 알은척을 할 때가 많기 때문이다. 별걸 다 기억하다 보니 그 사람에 대해 꽤 많은 관심을 기울이고 있다는 인상을 주지만, 사실 그냥 내 기억력이 좋아서 그런 것일 뿐이다.

　그런데 이상하게도 내 지난날에 대해서는 기억이 별로

없다. 일곱 살 이전의 일은 대체로 떠오르는 몇몇 장면이 전부인데, 그것도 여러 번 봤던 사진을 내 기억이라 여기는 듯하다. 사진에 없는 일 가운데 기억나는 건 없다. 어렸을 때 일은 그렇다 쳐도 초등학교, 하물며 중·고등학교 때의 기억도 뒤죽박죽이다.

사춘기 이후 아빠와는 사이가 좋지 않았다. 아니 내가 일방적으로 아빠와 말을 하지 않았다. 그런데 멀리 친구 동네에 있는 독서실을 다녔을 때 늦은 밤 나를 데리러 온 사람이 엄마가 아니라 아빠였다는 사실도 최근에야 알게 됐다. 그즈음의 기억은 언니와 얘기를 나누다가 새로 알게 되거나 잘못된 부분이 수정되는 식이다. 건망증이 심한 언니는 비교적 근래의 일을, 나는 지난 일을 서로를 통해 알게 된다. 그러니 언니와 기억을 공유할 수 없는, 그리고 내 기억의 오류를 바로잡아 줄 사람이 아무도 없는 일에 대해서는, 그저 내가 끼워 맞춘 대로 알 수밖에 없다.

그래서 지금부터 하려는 이 얘기도 조금은 뒤죽박죽이고, 약간은 허구일 가능성도 있다. 내가 나를 좋아하게 된, 몇 안 되는 일 중 하나이니 각색되었을 수 있겠지만, 또 그리 생각하자면 쓸쓸해지는, 정말 좋아하는 기억이다.

초등학교 때 여름방학 숙제로 관찰 일지 쓰기가 있었다. 채집한 곤충의 생김새와 습성 등을 기록하거나, 식물을 길러 그 변화를 기록하는 것이었다. 방학은 일단 노는 날로 여겨졌기에 대체로 친구들은 뛰놀면서 할 수 있는 곤충 채집에 몰두했지만, 나는 곤충이 징그럽기도 했고, 자연에 속한 그것들을 플라스틱 상자 안에 가두는 것이 어쩐지 마음에 들지 않아 일기처럼 좀 성가시지만(그때는 그랬다) 매일 해야 하는 식물 관찰을 선택했다.

아마도 귀찮아서 씨앗을 학교에서 배운 대로 물 적신 솜에 두어 발아시키지 않고 바로 화분에 뿌려놓고는, 성급했던 마음 때문에 일을 그르칠까 종종대며 매일매일 성실하게 물을 주었는데, 다행히 오래지 않아 여린 연두 잎이 솟았고, 금세 초록이 되었으며, 잎이 커졌다.

아침에 일어나면 베란다로 가서 밤사이 얼마나 자랐는지 살폈고, 하루 사이에도 눈에 띄게 자란 모습에 놀라기도 했다. 어쩌면 그것이 내가 처음 가진 경외심이었을 것이다. 그즈음 나와 같이 문방구에서 씨앗을 샀던 친구는 발아가 되지 않았다며 시무룩해 있었다. 나의 초록은 내 자랑거리였고, 덕분에 내가 대단한 사람이 된 것 같았다. 큰일을 쉽게 해내는 뿌듯함도 처음 맛보았다.

그러던 어느 날 화분을 들여다보고 있는데, 언니가 한심하다는 듯이 왜 잡초에 물을 주냐고 핀잔했다. 잡초다 아니다 실랑이를 벌였고, 요즘같이 뭔가를 바로 확인할 수 있는 시대가 아니었기에 언니의 놀림과 나의 억울함은 한동안 이어졌다.

살짝 의심이 들기도 했지만, 시간이 지날수록 그런 건 중요하지 않은 문제가 되었다. 그것이 무엇이건 소중한 나의 첫 식물이었으니까. 식물도감에서 찾아낸 그 식물의 잎이 화분에서 자라는 내 식물의 잎과는 다르다는 것을 결국 알게 되었지만, 속상한 마음도 생기지 않았다. 잡초였다고 해서 경외심이 사라지는 건 아니었다. 감탄은 여전했고, 기쁨으로 채워지는 마음도 그대로였다.

언니에게는 물론 그 누구에게도 사실을 밝히진 않았다. 나는 방학 내내 그 식물을 가꾸며 관찰 일지를 썼다. 내 관찰 일지를 보고 담임선생님도 별말씀을 하지 않으셨다. 개학한 뒤 선생님이 나를 화분 물 주기 담당으로 정해주신 걸 보면, 내가 식물의 씨앗이 발아하기까지 며칠이 걸리는지, 싹의 모양은 어떤지, 잎이 줄기에 어떤 형태로 나는지, 잎맥의 모양은 어떤지 등은 알지 못했지만, 초록을 대하는 마음은 제대로 배웠다고 여기신 게 아닐까 싶다.

여름방학 숙제로 하기에는 시기적으로 분명 늦었고, 그래서 문방구에서 파는 씨앗들은 발아율이 낮은, 상한 씨앗이었을 것이다. 그때는 요즘처럼 흙을 사지 않고 주변 산이나 잔디밭에서 퍼 왔을 때니 내가 가꾸지 않았더라도 그 흙에서 초록은 자랐을 것이다. 지금 생각하면 과습으로 죽지 않은 게 신기하지만, 또 여름날의 잡초였으니 그랬을 거란 생각도 든다. 잡초였기에 나는 한 달 동안 식물이 자라는 모습을 살피고 기록하는 일을 어쨌든 해낼 수 있었다.

방학이 끝나고, 그 잡초가 어찌되었는지는 기억에 없다. 내가 맡은 교실 화분의 식물이 잘 자랐는지도 모르겠다. 작은 화분에서 피어난 그 초록이 애초에 계획한 식물이 아니라 잡초라는 걸 내가 언제 알게 되었는지, 관찰 일지를 어떻게 마무리했는지, 그러니까 그 일지의 제목이 무엇이었는지도 기억나지 않는다. 분명 나팔꽃은 아니고 하지만 이름은 모르니 빨간 머리 앤처럼 근사하게 이름을 지어주기까지 했다면 좋았겠지만, 염치가 있어 내 기억이 그렇게까지 각색이 되지는 못한 거 같다. 그렇게 근사했던 아이가 이런 어른이 되었다면 좀 민망하고 미안하기도 하니까.

어쨌든, 어디까지가 사실이든, 내가 처음 돌본 초록에 정성을 쏟았고, 그로 인해 기뻤다는 것만은 사실이라 믿는다. 그 시간들이 나를 성실한 사람으로 만들었다고, 자주 무기력해지지만 그래도 다시 나를 일으켜 세우는 사람이 되게 했다고, 지금 초록을 돌보는 사람이 되게 했다고 믿는다. 그 시간들이 내 삶의 토대가 되었다고.

또한 그때 의외의 방향으로 흘러가는 인생에 대해서도 어렴풋이 알게 되었으리라. 그래도 그대로 가보자는 마음을 먹었던 어린 나를 떠올리며, 그땐 알았으나 종종 잊는 일들을 가만히 찾아본다.

시작점은 나이지만,
도착점은 누군가의

마
음
이
기
를

제법 통통하게 여문 앵두를 따는 일은 반드시 남편과 함께
한다. 백 알도 채 되지 않는 정도라 혼자서도 오 분 남짓이
면 끝날 일이지만, 일 년에 딱 한 번뿐인 제법 근사한 경험
을 혼자 독차지할 수는 없기 때문이다. 일 년 내내 바라보
는 우리 집 나무에서 열매를 따는 일은 분명 특별하다. 앵
두를 키운 게 팔 할, 아니 구 할이 바람과 햇빛이라 수확의

기쁨을 누리기엔 염치가 좀 없더라도 말이다.

　작은 열매에는 많은 시간이 담겨 있다. 오래 품은 마음임을 모르지 않는다. 특별함은 거기서 기인한다. 나무는 열매가 익어 떨어지면 곧이어 꽃눈을 만든다고 한다. 그러니까 요 빨간 열매의 시작은, ('수줍음'이라는 꽃말이 몹시 잘 어울리는) 앵두꽃잎이 피어나는 봄이 아니라 열매가 떨어졌던 지난여름인 것이다. 어질어질한 태양과 기약 없이 내리는 비, 왠지 그게 전부인 것 같은 날들 속에서 그런 날들에 지지 않으려는 듯 품어내는 마음 같은 것.
　그것만으로도 기특한 일인데, 나무는 '내가 이런 마음을 가졌어요'라고 섣불리 드러내지 않는다. 조급해질 법도 하건만, 아직은 때가 아님을 알기 때문이다. 꽃눈이 영그는 데 필요한 건, 아이러니하게도 더없이 온화한 바람도, 충분한 에너지도, 따스한 햇살도 아닌 몹시도 추운 날씨란다. 잎이 떨어져 더는 광합성으로 영양을 얻을 수 없는 계절에, 오히려 꽃눈의 호르몬은 왕성해진다고. 그래서 여름에 만들어진 꽃눈은 겨울을 지나고서야 드디어 세상에 저를 드러내는 것이다. 그러니 요 작은 열매에는, 지난여름부터 이제 막 시작되는 이번 여름까지의 이야기가 오롯이 담겨 있다.

그래서인지 앵두를 딸 때면 자연스럽게 남편과 나는 지난여름을 떠올리게 된다. 기억하는 여름이 다를 때도 있지만, 지난해의 여름을 지나던 자신과 새로운 여름을 지나고 있는 자신을 동시에 바라보고, 둘 사이를 달라지게 한 가을과 겨울을 잊지 않으려는 마음은 같다. 그리고 그 마음은 새로운 가을에 대한 기대로 이어진다. 앵두로 담근 술을 마실 즈음엔 지금보다는 조금 더 자신에게 너그러운 사람이 되어 있기를 하고 말이다. 그렇게 지난여름 시작된 꽃눈의 이야기는, 수줍게 "웃어요" 했던 꽃으로, "잘될 거예요" 하는 열매로 이어지고, "충분하지" 하는 시간으로 마무리될 것이다.

"충분하지"는 내 대사여야 하니, 결국 그들이 시작한 얘기를 마무리 짓는 건 내 몫이다. 그래서 이 이야기의 시작점과 도착점을 자꾸만 그려보게 된다. 도착점이 어디가 되어야 할지 지난여름부터 자꾸만 되짚어 보는 것이다.

그러다 이들의 이야기는 결국 내가 나를 사랑하게 하는 이야기였단 생각에 머문다. 나를 위로하게 하고, 용기를

이들의 이야기는 결국 내가 나를 사랑하게 하는 이야기였다.

쥐어보게 하고, 충만해지는 마음을 알게 하여, 그렇게 조금 더 커진 마음으로 이 전부를 머금는 내가 되게 하는. (이것이 그들이 바란 도착점이었는지는 모르겠지만 말이다.)

이야기에는 이런 힘이 있지 주억거리다가, 그래서 내가 이야기를 좋아하지 했다가, 염치없지만 나의 이야기도 이랬으면 좋겠다고 바란다. 시작점은 나였지만 도착점은 누군가의 마음인 이야기. 부끄러운 나의 시간이 누군가에게 자신의 미소를 알게 하고, 위로를 쥐게 하고, 새로운 가능성을 깨닫게 하는, 그리하여 결국엔 자신을 사랑하게 하는 이야기가. 수줍게 "웃어요" 하는 말이 되기도 하고, "잘될 거예요"라는 말이 되기도 하는 이야기. 제법 자주 생각나는, 그래서 충만한 마음으로도, 조금 허전한 날에도, 자신을 토닥이거나 안아주고 싶은 날에도 마시고 싶어지는 이야기가.

이런 생각에 꺼내 놓으려던 마음을 다시 주워든다. 오래 마음을 굴리고 보듬는 일에 대해 생각한다. 그리고 기꺼이, 겨울을 기다린다. 마음이 영그는 데도 겨울이 필요할 것이다. 다가올 겨울은, 지난겨울과 다르게 반짝이고 있다.

매일 새롭게
정의되는

행
복

'행동(또는 환경) 풍부화'라는 말이 있다. 반려인이라면 많이 들었고, 또 열심히 실천하고 있는 말 중 하나일 것이다. 고양이와 함께 산다면 영역에 관심 많은 사랑스런 냥이들이 수직으로 펼쳐진 다양한 공간에서 숨고 습격하고 쟁취하는 사냥꾼의 기쁨과, 세상을 내려다보는 정복자의 자신감과, 새와 구름을 바라보는 느긋한 낭만가의 면모를 잃지

않도록 캣타워, 창문 해먹, 터널 등을 놓고 열심히 낚싯대를 흔들어줄 것이다. 강아지와 함께 산다면 호기심 많은 사랑스런 댕댕이들이 너른 세상에서 찾아가고 느끼는 여행자의 즐거움과, 열심히 머리를 굴리며 끙끙대다 결국 해내는 도전자의 뿌듯한 성취감과, 그날들의 냄새를 음미하며 또 다른 꿈을 품어보는 사색가의 면모를 잃지 않도록 부지런히 이곳저곳으로 산책을 다니고, 다양한 퍼즐 장난감을 갖춰놓을 것이다.

봄이의 반려인으로서 나 역시 매일 꼬박 세 번씩 산책을 나가고(폭우와 폭설이 내리는 날을 제외하면), 내 물건은 장바구니에 담아두기만 하더라도 봄이 장난감은 열심히 업그레이드를 해주며, 한낮의 무더위로 산책의 텀이 길어지면 사료를 집 안 여기저기 숨겨 소위 찾기 놀이를 통해 무료함을 달랠 수 있도록 노력한다. 그러고도 이런 시간들을 전부 더한 것보다 더 긴, 혼자 보내는 시간들이 조금이라도 즐거우라고 자리를 많이(?) 마련해 주는 것도 잊지 않는다. 재질이 다른 방석 세 개를 하나는 마당에, 하나는 마당이 보이는 거실에, 하나는 아늑한 안쪽에 두는 것이다.

계절에 따라 날씨에 따라 방석의 위치는 바뀌고 그중 선택되는 것도 달라지는데, 대체로 여름날 봄이가 가장 좋아하는 곳은 천장 실링팬 바람이 바로 떨어지고 하늘과 구름과 새가 보이는 거실이다. 물론 이곳에선 마당의 나무도 보이고, 비가 온다면 지붕에서 떨어지는 빗방울이 마당을 진한 회색으로 물들이는 시간도 보인다. 다락에서 글을 쓰다 내려다볼 때면 봄이는 거실에 있다가 마당에 나갔다가 다시 거실로 돌아왔다가 구석진 곳에서 잠을 자다가 한다. 내가 애쓰더라도 봄이가 기다려야만 하는 시간은 긴데(가끔 나는 봄이로 살아가는 일은 어떨지 생각해 본다), 이렇게라도 자기 기분에 맞는 자리를 찾으며 스스로의 시간을 채워가는 봄이가 기특해 마음이 묵직해진다.

그러다 문득, 거실 식물들도 다양한 경험으로 삶을 풍부하게 하고 싶지 않을까 하는 생각이 들었다. 안으로 들어오는 햇살이 좀 더 길고 강해지는 것, 바람의 온도가 달라지는 것만으로는 부족할 테니까. 그래서 밤 기온이 15도 밑으로 떨어지지 않는 날들에 접어들 무렵, 스노우사파이어와 스파티필름을 마당에 내놓았다.

직사광선을 쐬면 잎이 타고 비라도 맞으면 과습으로 죽을 수도 있다는 걱정에 주저했던 일이었지만, 그런 우려보다는 머리 위를 지나가는 구름과 밤하늘의 별과 달을, 시원한 새벽 공기와 눅진한 저녁의 냄새를 알게 해주고 싶은 마음이 컸다. 밤에는 잠귀 밝은 봄이를 목청껏 짖게 만드는 대책 없는 고양이들의 방문이 이어지고, 낮에는 몇 달 전 옆집 지붕 구멍 안에 벌집을 만들고 새벽부터 저녁까지 종일 윙윙대는 벌들의 공연이 계속된다. 거기에 종종 참새와 나비가, 파리나 벌 이외의 다양한 벌레가 오가기도 하니, 그런 것들을 경험하게 해주고 싶었다.

바람에 묻어온 냄새들로 상상했던 것들을, 창을 통해 멀찍이서만 보던 것들을, 직접 만나고 느끼는 시간은 분명 뿌리가 단단해지는 데, 초록이 짙어지는 데, 오랜 침묵을 깨고 새잎을 내미는 데 도움이 될 거라 생각했다. 꼭 그런 변화를 이루지 않더라도 적어도 그들의 하루가 풍성해지리라 믿었다.

이 때문에 나의 생활도 분주해졌다. 초록들이 너무 오래 직사광선을 쐬지 않도록, 갑자기 쏟아지는 비를 맞지 않도록, 바람 한 점 없는 무더위에 지치지 않도록, 시간마다 자리를 옮겨주어야 했으니까. 그러는 동안 이들은 앵두나무 그늘도 알고, 구름의 색이 바뀌는 것도 보고, 더위가 누그러지는 온도와 비에 섞인 흙냄새도 겪었다. 무엇보다 정말로 맘껏 빛을 머금었다. 해가 떠서 질 때까지 온전히 그 환한 빛을 다 누린 덕분인지, 한 달도 안 되어 새 줄기를 여러 개나 더해갔다. 한 번도 좋아한 적 없던 여름이 처음으로 고마웠다. 나의 일기에 이들의 이야기가 담기는 날이 많아졌다.

봄이와 식물들의 (그리고 가끔은 남편과 부모님의) 환경 풍부화를 고민하다가 나의 경우도 한참 생각해 본다. 그리고 이쯤이면 많은 것이 이미 균형 있게 채워졌다는 생각에 이르고, 결국 풍부화란 그날을 대하는 마음으로 완성되는 것이라는 결론에 이른다.

애써 찾아낸 것이 매일 먹는 사료 알갱이지만 매번 진심으로 찾기 놀이를 하는 봄이처럼, 마당에서도 결국엔 햇살과 바람뿐인 매일이지만 새잎을 더하는 초록들처럼, 비슷하더라도 절대 같을 리 없음을 알아챈다면, 달라지는 마음과 마음을 달라지게 하는 것들을 놓치지 않는다면, 모든 날이 저마다 다른 제목으로 기록되는 특별한 시간이 될 거라고, 그렇게 특별해진 매일로 삶이 풍부해질 거라고.

내게 새로운 언어와 새로운 하늘이 되어준 것은 매일 보는 봄이의 엉덩이, 아이비의 무늬, 스파티필름의 잎이었다. 이들의 매일이 내겐 처음 보는 달이고, 소리로만 들었던 참새의 모습이며, 앵두나무 그늘이고, 새벽 공기가 되었다. 결국 누구나의 삶은 이런 것들로 쓰인다는 생각이 든다. 이런 것들이 저마다의 자신이 되게 한다고. 그렇게 우리는 매일 새롭게 행복을 정의하며 살아가고 있는지도 모른다.

감정

가
지
치
기

여름날 나무에게서는, 버려야 할 것은 버려야 한다는 것
을 배운다. 불필요한 물건은 물론, 꼬리에 꼬리를 물며 나
를 침잠시키는 생각들, 굳이 떠올리거나 곱씹지 않아도 될
말, 그런 것들이 불러일으키는 감정 같은 것 말이다.

　가지치기를 하고 나면, 여름의 태양 때문에 그걸 기점으
로 새 줄기가 나고 잎이 피는데, 이 줄기들은 웃자란 것들

이라 벌레들의 먹잇감이 된다. 그래서 가지치기를 통해 나무의 영역을 결정했다면, 이 영역을 지키기 위해 여름 내내 웃자란 줄기들을 계속 잘라주어야 한다.

처음엔 웃자란 잎들이 벌레 먹은 게 아니라면 잘라내기가 쉽지 않았다. 미스킴 라일락 같은 경우는 웃자란 가지 끝에 엉뚱하게도 꽃눈이 벌어지기도 했다. 그러니 웃자란 건지 제대로 자란 건지 판단이 서질 않아 망설여질 수밖에. 하지만 수차례 가지치기의 과정을 통해 고민하고 점검하며 결국엔 분명한 영역을 설정할 수 있게 되었다.

가지치기는 (앞서도 말했지만) 무성함 대신 단단함을 선택한 결정이다. 그래서인지 겉으로도 가지치기를 한 상태가 더 알맞아 보인다. 맥시멈보다 미니멀이 삶의 균형을 이루기도, 자기다워지기도, 그래서 편안해지기도 쉬운 전략이란 사실을, 나무는 일찍이 알려주고 있었던 셈이다.

하지만 아는 것과는 별개로 삶에서의 가지치기는 실상 쉽지만은 않다. 그래서 버려도 되는 생각을 버리기 위해, 잊어도 되는 마음을 잊기 위해 제법 노력이란 걸 하고, 여러 방법을 써먹는다. 산책을 하거나 달리거나 수다를 떨며 나를 그 감정에서 떼어놓기도 하고, 명상(?)을 하며 나를 상하게 했던 감정이 물러나는 순간을 맞이하려 애쓰기도 한다. 뜨개질이나 냉장고 청소, 싱크대 정리도 가끔 써보는 방법이다. 그러다 최근에 정말 좋은 방법 하나를 더 발견했다.

　해가 지고 나서도 더위가 채 가시지 않던 여름밤이었고, 그 밤의 더위처럼 불편한 마음이 쉬이 가시지 않던 날이었다. 전화를 끊은 지 몇 시간이 지났건만 상대의 원망과 비난으로 일었던 답답함과 억울함이 떨쳐지지 않았다. 오히려 미처 따지지 못한 말들을 독백 배우처럼 자꾸 속으로 되뇌었다. 그날은 산책도, 명상도, 청소도 소용없었다.

　저녁 식사를 마치고 텔레비전 앞에 앉았지만, '멍하니'조차 되지 않았다. 나는 자꾸만 무겁게 가라앉는 마음을 남편에게 들키고 싶지 않아 자리에서 일어나 부엌으로 갔다. 어떤 마음은 말로 뱉어낼 때 말과 함께 쓸려 떠내려가지만, 어떤 건 뱉어내는 순간 형태가 점점 명확해지면서 부피를 키우기도 하니까. 그날의 마음이 그랬다. 얘기를 시작하면 분명 통화 내용을 하나하나 되짚을 테고, 그러다 보면 답답함과 억울함은 더 짙어질 테고, 가뜩이나 복잡한 마음은 길이를 늘여 오래갈 듯했다.

부엌에는 며칠 전 구입한, 아무 맛이 안 나 손이 가질 않던 방울토마토가 있었다. 저대로 두면 상하고 말 텐데 싶어 처리 방법을 알아보다 마리네이드하는 법을 알아둔 터였다. 거의 한 상자(작은 상자) 그대로였으니, 100알쯤 되었다. 무엇에라도 정신을 팔고 싶어 미뤄둔 그 일을 하기로 했다.

커다란 볼을 꺼내어 방울토마토를 몽땅 물에 씻고는 작은 과도 하나를 집어 들었다. 마리네이드를 하려면 일단 모든 방울토마토에 십자가를 그어야 한다. 껍질만 살짝 베는 정도로, 절대 깊지 않게 말이다. 그런데 이게 참 쉽지 않았다. 방울토마토에 칼집을 내본 사람은 알 것이다. 매끈거리는 고 작은 껍질에 살짝 칼집만 내기 위해서는 힘을 조절하며 손목을 얼마나 리드미컬하게 움직여야 하는지를.

단순한 동작을 반복하다 보면 결국 '몸 따로 머리 따로'가 되기도 하는데, 방울토마토 칼집 내기는 끝까지 주의를 붙잡게 했다. 그렇게 처음 몇 번쯤 헛손질을 하고, 또 몇 개쯤 과즙을 푹 터뜨린 뒤에야 적당한 길이와 깊이의 십자가를 그려낼 수 있었다. 게다가 여기서 끝이 아니었다. 이것들을 끓는 물에 살짝 데친 뒤 일일이 십자가를 따라 껍질을 벗겨야 하는데, 이 작업은 마치 마음에 '참을 인' 자를 100개쯤 새겨 넣어야 했던 시간 자체를 완전히 기억에서 지우는 과정 같았다.

이 모든 일을 마치고 방울토마토를 유리병에 담아내자 40분쯤 지나 있었다. 그리고 신기하게도 나를 불편하게 하던 그 상황에서 완전히 멀어져 있었다. 부엌 불을 끄고 창문을 여니 제법 시원한 바람이 불었다. 가시지 않던 더위도 사라진 뒤였다.

단정해진 마음으로 그날의 남은 시간들을 보냈고, 며칠 뒤 세상에서 가장 개운한 빨간 맛을 느끼는 즐거움까지 얻었다. 다른 것과 달리 이 방법은 진짜 가지치기와 같다는 생각이 든다. 아예 잊는 게 아니라 불편했던 그 상황으로 나를 되돌려 놓기 때문이다. 가지치기를 한 뒤 며칠이 지나 웃자란 가지를 앞에 두고 다시 한번 고민하고 영역을 점검하듯, 며칠 뒤 완성된 마리네이드를 입에 물고 그날 상대의 원망과 비난을 조금은 객관적으로 바라보며 차분히 내 입장을 세울 수 있게 되는 것이다. 이제 나는 비슷한 원망과 비난에 잘 대응할 수 있을 테고, 명쾌하게 나의 입장을, 나의 영역을 지켜갈 수 있을 것이다.

생각을 잘라낸 자리가 바람길이 된 덕분에, 나의 시간은 조금 더 산뜻해졌다. 가지치기는 확실히 단단하게 나를 지키며 살아가는 데 꼭 필요한 기술이다. 균형을 이루기 위해, 나다워지기 위해, 그리하여 평온한 마음이 되기 위해 일찍이 나무가 알려준 지혜이다.

어떠한 순간에도 잎들은

자라난다

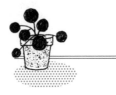

사흘 내리 거세게 내린 비로 더위가 조금 가신 날, 더위를 핑계로 한동안 찾지 않았던 뒷산을 올랐다. 작년 슬개골 수술을 한 반려견 봄이의 재활에 평지보다는 울퉁불퉁한 오르막길을 걷는 게 좋다는 수의사 선생님의 말에 찾기 시작한 곳인데, 정작 작년에는 별로 가지 못했다. 평일 한낮에 한 시간씩 산책을 즐기는 일상을, 생각할 수 없었다. 팬데

믹으로 이제껏 경험하지 못한 변화에 당황했고, 그 여파를 온몸으로 실감했으며, 거기에 더해 부모님이 차례로 병원에 입원하시는 일까지 생겨 나의 일상도 조금은 뒤죽박죽이 되었기 때문이다.

폭풍우가 지난 뒤, 나무는 혼란과 상실도 그때뿐이라는 듯 덤덤히 여름을 보내고 가을로 건너가지만, 나는 다음 계절로 가는 일도, 달라진 계절에 적응하는 일도 좀처럼 쉽지 않아, 허우적대던 마음이 건져지기까지는 몇 개의 계절이 더 필요했다.

한동안이라고는 했지만 고작 2주 만이었는데 길은 낯설 만큼 달라져 있었다. 숲 입구에 들어선 나는 갑자기 사라진 빛에 당황했다. 양옆으로 풀이 무성해져 길이 가려진 탓에 몇 번이고 걸음을 멈추고 이 길이 맞는지 가늠해야 했다. 익숙하지 않은 곳이었다면 길을 잃은 듯한 기분에 좀 무서웠겠다 싶었고, 그래봤자 고작 동네 뒷산인데 겁이 날 건 뭔가 싶다가, 지난해 죽 서 있던 그곳에서 길을 잃은 듯 갈피를 잡지 못해 얼어붙었던 내가 떠올라 어이없는 웃음이 났다.

지난해 봄 갑작스런 폭풍우에 헝클어졌던 마음은 겨울로 들어설 때까지 내내 불안을 굴리고 있었다. 살아남은 가지가 아니라 넘어지지 않은 뿌리가 아니라, 떨어진 잎과 열매만 보았던 탓이었다. 당황하고 놀란 마음은 서둘러 다음을 찾아야 한다는 생각에 조급해졌다. 지금의 것을 잃었으니 새롭게 시작하는 것만이 답이라 여겼지만, 답 없는 답 때문에 더 불안하고 막막하기만 했다.

허우적대던 마음이 건져 올려진 건, 오히려 다음에 대한 생각을 지우고부터였다. 삶이 몹시도 흔들릴 줄 알았지만, 팬데믹급 변화도 결국 일상이 되었다. 답을 얻지 못한 사이, 나는 부족해진 것들에 익숙해졌고, 한가한 날들이 좋아지기까지 했다. 잃은 것보다 잃지 않은 것이 보이기 시작했고, 한낮의 긴 산책을 얻었으니 괜찮다 싶어지는 마음이 되어서야, 나의 불안은 그저 한 손에 쥐어지는 예쁜 구슬이 되었다. 조금 불안하지만 그만큼 자유로워졌고, 자유로워진 만큼만 불안해진 것이다.

걸음을 더 옮기자 내 그림자도 흔들리던 빛도 모두 사라졌다. 어둠이라고 말할 순 없지만, 빛은 분명 스며들지 않는 상태. 하지만 오히려 땅을 뒤덮은 거대한 그림자로, 나를 휘감은 서늘한 그늘로, 그사이 몹시도 무성해진 초록을 가늠할 수 있었다. 고개를 꺾어 바라보지 않아도 저 위에 폭풍우로 자라난 잎들이, 그 너머에 쨍한 태양이 있음을 알 수 있었다. 빛이 사라지는 순간은 그저 어둠이 아니라 무성해진 것의 거대한 그림자의 시간이기도 하다. 그러니 이런 곳에선 길을 잃을 이유도, 그럴까 염려할 필요도 없다. 겁을 집어먹지만 않는다면, 사실 어디서건 길을 잃는 일은 좀처럼 일어나지 않는다.

지난해 한참 마음이 빠져 있었던 '막막하다'는 '사막 막(漠)' 두 개가 나란히 놓인 단어다. 두 개의 사막 앞에 서 있는 기분이란 뜻일 게다. 그런데 물이 없다는 뜻의 '사막 막'을 가만 들여다보면, 재미있게도 물이 흐르는 울창한 숲 위에 해가 있는 모양이다. 옛사람들은 풀숲 사이로 해가 숨어 '없다'고 보았다지만, 그 상태는 단지 어둠이 아니라 무성해진 그림자일 수도 있다. 그런 생각에 이르면 펼쳐진 두 개의 사막에서 오아시스 숲을 발견할 수 있다. 어떤 순간에도 결국엔 자라나는 잎들을 알아차릴 수도, 그리하여 무성해진 그림자의 시간을 누릴 수도 있는 것이다.

폭풍우가 지나간 뒤, 한낮의 숲은 혼란스럽고 어둑했지만, 가장 무성했고 빛났으며 아름다웠다.

눈으로
가꾸는
일

여름 내내 내가 눈으로 가꾼 화단이 있다. 우리 집에 딸린 화단이 아니니 주체를 '나'로 두는 것도 이상하고, 가꾼다는 서술 앞에 '눈으로'라는 방법을 단 것도 영 이상하다는 것을 안다. 그저 그 길을 지날 때 바라보는 것일 뿐이면서 너무 거창하게 말하고 있긴 하지만, 분명 나는 매일 아침 이 화단을 들여다보고 식물들의 상태를 살피고 이들의 변

화를 알아차리며, 가끔은 말도 건넨다. 화단이 딸린 건물을 오가는 사람도 나만큼 그들의 매일을 지켜보지 않을 거라는 장담까지 할 수 있으니, 어쨌든 내가 눈으로 가꾸는 건 맞는 셈이다.

그 화단은 봄이와 아침마다 가는 놀이터 건너편 건물에 있다. 주택이었던 곳의 담을 헐고 마당 자리에 건물을 세워 가게 여럿이 들어섰는데, 2년도 못 가 가게 주인이 계속 바뀌다 보니 화단은 한 번도 가꿔지지 못했다. 아무것도 품지 못했으니 아무것도 피워내지 못하는 건 당연한 듯했다. 그랬는데 언제부턴가 봄이 지날 무렵 풀이 나기 시작했고, 올해는 반갑게도 하얀 꽃이 하나둘 돋더니 금세 흐드러졌다. 사이사이 노란 꽃과 꽃 없는 풀도 제법 자라, 크기와 색이 조화를 이룬 화단이 됐다. 고 앙증맞은 하얀 꽃은 여름 내내 피었고, 화단은 웬만한 집에 딸린 것 못지않게 화사했다.

사실 여름에는 어디라도 들풀이 비집고 피어나 누구에게나, 하물며 길고양이들에게도 그들만의 식물이 있다는 생각이 들 정도지만, 유독 그 화단에 마음이 간 건 그 흐드러져 군락을 이룬 흰 꽃이 개망초였기 때문이다.

　초등학교 때 동네 공터마다 개망초가 밭을 이루었다. 학교에서 돌아오면 집에 가방만 던져 놓고 밖으로 나가 고무줄놀이를 할 때였다. 집은 늘 어둡고 적막했다. 낮에 아무도 없어서이기도 했지만, 그런 기운이 늘 깔려 있기도 했다. 남은 하루를 아무 생각 없이 보내기에 고무줄놀이만 한 게 없었다. 방학에도, 친구들 모두 거부할 만큼의 무더위 속에서도, 삼각형을 이루고 선 나무에 고무줄을 걸고는 혼자서 고무줄놀이를 했다. '샘물이 솟는다'로 시작해서 '장난감 기차'를 타고 '코끼리 아저씨'를 만나 '도깨비 나라'에서 방망이 두드리기를, 발목에서 가슴까지 몇 번을 반복하다 보면 오후가 훌쩍 갔다. 그러는 동안에는 집의 어둠을 잊을 수 있었다.

　해가 기울 즈음이 되면, 고무줄을 풀어 주머니에 찔러 넣고는 내내 내 시선이 박혀 있던 개망초를 한 아름 꺾었다. 아이의 다정한 행동에 잠시나마 환해지는 부모의 얼굴을 지키고, 그렇게나마 좀 밝아진 분위기로 나를 지키고 싶어 스스로 부여한 임무였는지도 모른다. 당연히 꽃은 일주일도 못 가 시들었고, 시들라치면 꽃잎이 솜털처럼 변해 바로 쓰레기통에 버려야 했지만, 지천에 널려 있어 바로바로 새것으로 교체할 수 있었다. 흔했기에 너무 자주, 많이 꺾더라도 그 행동에 양심을 들먹이지 않아도 된다고 생각했던 것 같다. 그렇게 개망초는 아주 잠깐이었지만 그저 해맑게 뛰놀던 소중한 나의 시간에 배경이 되어주었고, 어두운 집 안에서 나의 시선을 붙잡아 주는 중심이 되어주었다. 그 이후에도 꽤 많은 장면에 개망초는 배경으로 혹은 중심으로 존재했다.

이 꽃의 이름이 개망초라는 건, 사실 최근에 알았다. 봄이를 안아 들고 화단 앞에 있는데(봄이에게 꽃 냄새를 맡게 해주고 싶어서), 마침 놀이터로 들어가려던 어르신이 "개망초가 예뻐." 하셨다. 그와 동시에 경계심 많은 봄이가 '왕' 하고 짖어 당황한 나는, 어르신의 정체를 알고는 좀 안심했다. 놀이터에 봄이를 데리고 들어갈 때는 늘 조심스럽다. 잘 짖기도 하지만, 동물을 보는 어르신들의 눈길이 곱지만은 않기 때문이다. 특히 어린 손주와 생활하시는 분들은, 강아지들이 모래에 똥을 쌀까 봐 지레 뭐라 하시는 분도 있다. 길고양이에게 밥을 줄 때 그 모습을 지켜보는 어르신의 표정을 읽지 못해 일단 경계를 하는 것과 비슷하다.

안개비가 내리는 어느 아침이었다. 굳이 모자를 쓰지 않아도 될 정도의 비였지만, 길에 사람이 별로 없었다. 봄이를 데리고 도착한 놀이터에는 단 한 분만 계셨는데, 안으로 들어서는 봄이를 보더니 "밖에서만 똥을 싸는구나?" 하셨다. 봄이가 짖을세라 줄을 바짝 당기고 "네." 하자, "우리 초롱이도 그랬어. 재작년에 하늘나라로 갔는데." 하신다. 초롱이를 닮았네 어쩌네 어르신의 말은 좀 더 이어졌지만, 결국 봄이가 짖는 바람에 나는 다 듣지 못하고 그 자리를 벗어났다. 어르신의 시선이 봄이 엉덩이로 따라붙는 게 느껴졌다. 나도 봄이가 무지개다리를 건너면, 봄이 닮은 무엇만 봐도 저리 오래 눈을 주게 되겠지 싶어 마음이 무거웠다.

놀이터 뒤 풀숲에 가서 봄이가 볼일을 보는 사이, 어르신은 그네를 타기 시작하셨다. 그제야 나는 그네 타던 어르신이 이분이었구나 알아차렸다. 몇 번 그 장면을 보고 신기해했던 터였다. 그네는 아이들 거라는 생각을 갖고 있던 탓이었다. 아무도 금지하지 않은 일을, 스스로 금지하는 바람에 잃어버린 게 참 많구나, 문득 한심했다.

어르신은 그네를 한참 타시고는 놀이터를 떠나셨다. 나도 어르신이 한 것처럼 시선을 오래 등 뒤에 붙였고, 어르신은 잠시 화단 앞에서 걸음을 멈추셨다가 가셨다. 어르신도 나처럼 화단을 눈으로 가꾸고 계셨던 모양이다. 어르신에게 그 흰 꽃이 무엇이었는지는 알 수 없지만, 배경이거나 중심이 되어준 많은 장면을 헤아려 오늘에 이르는 데는 나보다 더 많은 시간이 필요하실 거라는 것과 그날 내게는 그네 타는 어르신이, 어르신에게는 봄이가 흰 꽃이 되었음은 알 수 있었다.

한때는 절박한 마음으로 붙잡았던 일이 그저 소소한 일상의 단편이 되어서야, 누군가 혹은 무언가가 눈으로 가꿔준 덕분에, 무언가라도 눈으로 가꾼 덕분에 이쯤은 자랐고, 이쯤은 잘 살게 되었음을 깨닫는다. 꽤 많은 것이 배경으로 혹은 중심으로 서 있어 주었기에 한때는 절망적이었던 운명이 그저 모두가 하나쯤은 갖고 있는 불편 같은 것이 되었다는 것도. 그리고 이렇게 되고 나서야 눈으로 가꾸는 일이 얼마나 따뜻하고 산뜻하고 즐겁고 충만한 것인지도 새삼 느낀다. 눈으로 가꾸는 일이 저절로 자라는 마음이란 것도, 애쓸 필요 없는 자연스런 행동이란 것도 말이다.

여름이라서, 모든 생명이 자라고 있다. 가꿀 것도, 새삼 발견할 가치도 많은 날들이다. 미국 시인이자 사상가인 랄프 왈도 에머슨은 "잡초는 아직 그 가치를 발견하지 못한 식물"이라 했다. 저절로 자라는 식물을 잡초라고 하니, 어떤 가능성을 향해 저절로 자라는 모든 것에 해당하는 말이 아닐까 싶다. 여기까지 자란 나의 마음이 어디로 향할지는 알 수 없으나, 이렇게 눈으로 가꾸는 일을 잊지 않는다면, 하물며 그네 타기의 즐거움을 잃지만 않더라도, 삶이 어느 방향으로 흐르건 괜찮겠다 싶어진다.

당연한 말이겠지만, 지금 가꾸는 개망초가 가장 하얗고 선명하다. 회색은 그렇게 힘을 잃는다.

저절로
자라는
식물을
잡초라고 하니,

어떤
가능성을
향해
저절로
자라는
모든 것에
해당하는 말이
아닐까.

오늘'도'가
아니라

오
늘
'은'

아침에 놀이터에 가면 눈길을 주는 것이 하나 더 있다. 아니, 이건 눈길이 가는 것이라고 하는 게 맞겠다. 봄이를 따라 시선이 일단 바닥으로 향하는데, 그러다 보니 돌돌 말려 떨어져 있는 무궁화꽃들을 보게 된다. 어르신들이 놀이터를 청소하시기 전이라, 바닥이 그대로 보랏빛 막대 무늬로 수놓여 있다.

땅에 제법 많은 꽃잎이 떨어졌지만, 나무에는 그만큼이 또 피어 있다. 오늘 핀 그 꽃들은 오늘 처음 만나는 꽃이다. 여름이 시작할 즈음부터 무궁화를 내내 만났으나, 실은 그 어떤 꽃도 같은 꽃이 아니다. 어제 본 무궁화는 졌고 오늘은 새 꽃을 보고 있다는 것을, 바닥에 떨어진 어제의 꽃들을 보며 실감한다.

열대야에 모기하고까지 싸우느라 잠을 설쳐 잔뜩 부은 얼굴로 "오늘도 엄청 덥겠네.", "오늘도 벌써부터 지치네." 툴툴대며 거기까지 '오늘도'라는 말을 입에 달고 온 게 영 민망해진다. 똑같은 하루가 또 시작되었구나 하는 마음이 한 대 얻어맞은 듯하다. 오늘은 다른 날이니까. 어제의 나는 졌고, 오늘의 내가 피었으니까.

그러고 있으면 더 강력한 한 방을 주기 위해서라는 듯, 매미가 맹렬히 울기 시작한다. 6~7년을 땅속에 있다가 탈피하고 밖으로 나와 무더위 속에 채 한 달도 못 사는 매미에게 하루하루는 무척이나 간절할 것이다. 귀가 아플 듯한 소리에도 함부로 눈살을 찌푸릴 수 없는 이유다.

'오늘도' 대신 '오늘은'으로 시작하는 말을 담아 집으로 돌아오지만, 그렇다고 한 대 맞은 마음이 정신을 차리는 건 아니다. 점심이 채 지나기도 전에 다시 툴툴대고 때론 하루를 지겨워하기도 한다. 그렇더라도 다음 날이면 이런 나를 조금도 지겨워하지 않고, 어제는 졌고 오늘이 새로 피었다는 걸 알려주는 존재가 있어 얼마나 다행인지.

매일 이렇게 얻어맞다 보면 매미처럼 맹렬히 울게 되는 날도 있을 것이다.

여름의 끝에서
알게 된

것
들

다행히도 아직은, 불면증이 없다. 염색을 하고 일주일이
지나면 다시 흰머리가 보이고(흰머리가 많은 건 유전 탓일 수
도 있다), 거울을 자세히 보다 기겁할 정도로 기미가 늘고
(집에만 있다고 선크림은커녕 어떨 땐 세수도 않은 채 마스크 쓰
고 나가기 일쑤니까), 일정하던 생리 주기가 도무지 종잡을
수 없게 되었지만(그동안 너무 규칙적이었던 걸지도), 낮 동안

카페인을 들이붓다시피 하는데도 밤 10시도 안 돼 졸음이 쏟아지고 그야말로 베개에 머리만 대면 잠이 드는데(나의 유일한 건강 비결이다), 여름이면 이는 불가능한 일이 되어 버린다. 내가 여름을 싫어하는 수십 가지 이유 중 하나이다. 잠드는 것처럼 아무 노력이 필요 없던 일조차 애를 쓰게 만드니까.

잠을 자는 게 힘들 만큼 더워지기 전에는, 여름 햇빛에 기대어 욕심을 부려보고 싶은 마음이 생긴다. 이를 테면 고추나 토마토 같은 작물을 길러보고 싶어지는 것이다. 텃밭에 상추며 고추, 오이 심지어 수박까지 기른다는 사람들 얘기가 몹시도 부러웠다.

가장 부러웠던 대목은 심지도 않은 고수(그 향기를 몹시 사랑한다)가 손쓸 수도 없이 나서 고민이라는 얘기. 그 말에 구청에서 임대해 주는 텃밭을 알아본 적이 있으나, 버스를 타고 한 시간쯤은 가야 하는 곳에 텃밭을 꾸려 매일 가꿀 자신이 없어, 일단 포기했다. 화분에 고수가 자라는 우연은 기대할 수 없지만, 고추 모종은 심을 수 있으니 일단 그것부터 해보자 한 것이다.

그렇게 몇 번 여름이 오기 전 고추 모종을 사다가 심었는데, 아직 제대로 된 수확을 해보지는 못했다. 작은 모종이 줄기를 뻗고 잎을 쑥쑥 내는 것까지는 잘되는데, 꽃이 피질 않고 그러니 열매도 맺지 않는다. 결국 올해 농사도, 왠지 자라다 만 크기의 고추 2개를 수확하는 데 그쳤다. 500원짜리 모종 4개를 심어 고추 2개를 얻었으니, 그야말로 '금추'인 셈이다.

몇 해를 지켜보며 알아갈 수 있는 나무나 식물과 달리, 한해살이 작물을 키우는 건 느리고 소심한 내겐 어려운 일이다. 거실의 초록들을 마당에 내놓고 부지런히 마당을 오간 터이니, 나의 노력이 게으르지는 않았다고 장담할 수 있다. 그저 노력했으나(최선을 다했다고까지는 말할 수 없지만) 되지 않는 일도 세상에는 많다는 걸, 다시 깨달을 뿐이다.

여름은 몹시도 길었다. 한 달 가까이 열대야가 있던 건 처음이었지 싶다. 오전 6시 이전에 나선 산책도 몇 걸음 만에 땀이 배었고, 해가 지고 몇 시간이 지난 후에도 집 안의 공기는 낮과 크게 달라지지 않았다. 지긋지긋한 무더위 속에서 자연스럽던 일들에조차 애를 써가며 무엇도 소홀하지 않으려 노력했지만, 따지고 보면 실패한 일은 많다. 추접스러울 정도로 땀을 흘려가면서도 빼먹지 않은 산책과 오히려 횟수를 늘려가며 한 요가에도 여름 사이 몸무게가 2킬로그램이나 늘어난 일 같은 것. 정해놓은 시간에 컴퓨터 앞에 꿋꿋이 앉았으나 한 줄도 쓰지 못한 숱한 날들도 그렇고.

계획대로 되지 않은 일들 때문에 무거워진 마음으로, 어쩌다 이렇게 되었나 싶을 만큼 무거워진 몸으로, 몹시도 무겁게 여름을 보내게 되었지만, 그래도 나의 초록이 온전히 빛나도록 애썼으니, 그래서 조금이라도 더했고 조금 더 짙어졌을 테니 괜찮은 날이었다고 만족하련다.

소만으로 시작한 이야기가 끝나간다. 여름 동안 차곡차곡 쌓인 초록은 조금 누그러진 태양빛 아래서 비로소 가장 눈부시다. 초록에도 절정이 있다는 걸 여름의 끝에 서서 알게 된다.

이날들의 초록을, 정말로 눈부시게 짙어진 그들의 이야기를 잊지 않으려 가만히 바라본다. 이어지는 결말은 소

멸과 상실로 쓰이겠지만, 그것이 새드엔딩은 아니라는 것도 이제는 알 것 같다. 아니, 새드도 하물며 엔딩도 아니라는 것을.

4장.

지켜가는
×
비워내는,

가   을

"그렇게 잎의 수를 세며
행복해하는 사람이 되었다"

사라지는 것들이
음악이
된
다

예전에 의식적으로 보는 연습을 한 적이 있다. 내 안으로
만 향하는 시선을 밖으로 돌리기 위해서였다. 고요한 사무
실에서 무표정하게 혼자 하루를 보내던 때였는데, 어느 날
사무실 한편에 놓여 있는 빨간 소화기를 보고 깜짝 놀랐다.
사무실에 출근한 지 반년도 넘는 동안 내 책상 자리에서 고
개만 들면 마주할 수 있던 그것을 보지 못했다는 사실에 충

격을 받은 것이다. 사무실에서 지하철역까지, 지하철에서 집까지 걷는 동안, 내가 보지 못한, 아니 보지 않은 것들이 너무도 많다는 것을 그제야 깨달았다.

보는 연습의 한 방편으로 사진을 배웠고, 조금씩 초점을 현실에 맞출 수 있게 되었다. 못 보던 것을 볼 줄 알게 되었고, 머리로 안다고 여겼던 것의 실제도 제대로 바라보게 되었다. 부분으로 전체를 가늠하는 법도, 감추어진 진심을 보는 법도 배웠다. 물론 순간의 소중함도 깨달았다.

그것만으로도 벅찼는데, 어둠과도 친해질 수 있었고, 손의 감각만으로 무언가를 해내는 경험을 통해 보지 못하게 되는 것에 대한 두려움도 없앨 수 있었다. 기다릴 줄도, 기대했다 실망하면서도 그 속에서 행운을 발견할 줄도 알게 되었다. 이는 흑백필름을 직접 현상하고 인화하며 얻은 것들이다.

그런 순간들이 좋아서 한때 방에 인화기를 들이고는, 약품들 때문에 얼굴에 온통 두드러기가 나는 건지도 모르고 주말이면 열 시간도 넘게 작업에 빠져 살기도 했다.

최근엔 보는 일이 아닌, 듣는 일에 집중하는 연습을 한다. 아니, 연습이라기보다는 놀이라 하는 게 맞겠다. 일명 '시미언 놀이'다. 그러니까 누구인 척해보기 같은 건데, 반려견 봄이를 따라 납작 엎드려 거실을 둘러보거나 강아지 자매인 양 봄이를 물고(늑대들의 애정 표현처럼) 엉덩이에 코를 대고 킁킁거리듯(어지간히 심심한 모양이라고 생각해도 좋다), 시미언 피즈 체니를 따라 소리에 귀를 기울이고 그 음을 가늠해 보는 것이다.

시미언 피즈 체니는 너무나 사랑했던 아내가 남기고 간 정원에서 평생 온갖 소리를 기보한, 1800년대 미국에 살았던 작곡가이자 성공회 사제이다. 정원에 사는 새들의 소리는 물론, 양동이에 물 떨어지는 소리, 바람에 옷깃 흔들리는 소리, 낙엽 떨어지는 소리 등 모든 것에 나름의 음악이 있다고 믿으며, 귀 기울이고 이를 기보해 「야생 숲의 노트」를 썼다. 그에게 정원을 가꾸고 정원의 모든 소리를 기보하는 일은, "고통만 남은, 고통 자체가 여정"인 자신의 삶을 그래도 "아주 바람직하고, 생각보다 괜찮은 여정"이라 말할 수 있게 한 힘이었다.

이렇게 얘기하고 보니 그의 평생을 놀이로 삼는 게 어쩐지 죄송하지만, 삶을 이어가는 여러 과정에서 하나쯤은,

배움이나 수행 같은 말보다 놀이란 말로 무게를 더는 것도 나쁘지 않으니, 그에 대한 경외심은 별개로 조심스레 놀이로 남겨두고 싶어진다. 게다가 그저 가만히 귀를 세우는 것만으로도 무용한 시간이 그 자체로 즐거울 수 있으니 놀이라 불러도 괜찮지 않을까 싶기도 하고.

가을은 시미언 놀이를 하기에 참 좋다. 일단 태양의 온도가 누그러져 오랜 시간 마당에 (혹은 공원에) 앉아 있을 수 있고, 바깥에 많은 소리가 자라나는 데다, 바람에 그런 것들이 실려 들어오기 때문이다.

나는 가만히 눈을 감고 참새와 비둘기는 물론, 물까치와 까마귀, 조금 멀리 있는 뻐꾸기 그리고 이름 모를 많은 새의 소리를 저마다 다른 음률과 박자를 기보하듯 속으로 흥얼거려 본다. 그러고 있으면 옆집 지붕 구멍 안에 집을 만들고 열심히 들락거리는 벌 떼 소리와 어디선가 고양이들이 다투는 소리와 봄이의 귀에만 정확하게 들리는 강아지 발소리가 더해지고, '왕' 하는 봄이의 대꾸가 클라이맥스를 이룬다.

익숙한 주변의 소리들이지만 가만히 눈을 감고 그것에

집중하고 있으면, 신기하게도 그것들은 정말로 음악이 되어 과거로, 내가 한 번도 가본 적 없는 공간으로, 태고의 세계로 나를 데려간다. 익숙지 않은 기보를 놓아버린 머리는 기억과 상상과 환상의 세계를 펼쳐내고, 그제야 나는 내게 그런 몫이 얼마나 컸는지 그 세계가 얼마나 풍부했는지 새삼 깨닫는다. 세세히 보던 달과, 그 뒤편의 세계마저 알게 되는 기분이다. 나를 온전히 사용해 보는 일로, 나의 모든 것을 알아가는 듯한 묘한 흥분에 휩싸이게 되는 것이다.

게다가 듣는 것은 보는 것이 주는 깨달음과는 별개로 감정을, 특히 긍정하게 되는 감정을 증폭시키고, 한마디로 표현하고 마는 순간의 감정이 얼마나 다양한 얼굴을 하고 있는지 알게 한다. 웅장해지는 가슴도 알게 하고.

시미언이 왜 평생 소리에 매달렸는지도 조금은 감히 알 것 같다. 그의 삶이 고통과 고독이었다고는 하지만, 언제든 달랠 수 있는 음악을 곁에 두는 삶이었기에 괜찮은 여정이었다는 것도.

벅찬 마음으로 눈을 뜨면 나무가 있다. 오후의 햇살이 내려앉아 반짝이는 앵두나무가 조금 전 내가 이끌렸던 세계에 여전히 속해 있는 것만 같다. 나무는 어쩌면 아주 오래전부터 이 놀이를 해오고 있었는지도 모르겠다는 생각이 든다. 나무가 보는 세계는 이 작은 마당이 전부이지만, 온갖 소리 덕분에 아주 많은 세계를 알고 있는지도. 그렇게 음악으로 깊어지고 있었던 게 아닐까, 그 신비와 환상으로 찬란히 피어났던 게 아닐까.

앵두나무와 나는 지금 같은 음을 기보했을까, 아니 비슷한 음악을 듣고 있긴 한 걸까. 마당에서 함께 시미언 놀이를 했다는 동질감으로 나무를 바라보는데, 나무가 바람에 흔들려 바스락거리더니 이내 잎 하나가 툭 떨어진다. 피아니시모 혹은 아다지오, 아래 도쯤 되는 음이다. 내 어리석은 물음에 대한 대답 같다.

나무들은 이제 음악이 되었다. 흔들리고 사라지는 것들로 곡을 쓸 참이다. 새로운 악장을 이끌고 가는 건 이들이 될 터. 다시 눈을 감는다. 이 음악을 따라 흔들리고 사라지는 것들의 세계로 들어선다. 도-. 도-. 시-. 라-. 툭. 내 안에서도 무언가가 사라진다.

이젠
믿을 수 있는

이
야
기

가을이 제법 무르익어 갈 때쯤엔 산책할 때 발밑과 머리 위를 조심해야 한다. 새똥이 문제가 아니라, 감에 맞거나 밟을 일이 생기기 때문이다.

동네를 거닐 때면 여름엔 집마다 죄다 장미만 있는 것 같은데, 가을엔 또 죄다 감나무네 싶게 감나무만 보인다. 담장 밖으로 주렁주렁 감을 단 가지들이 꽤 많이 나와 있는 덕분에, 자두만 하던 것이 주먹만큼 커지고 연두색이 주홍색으로 바뀌어가는 것을 지켜볼 수 있긴 한데, 문제는 주홍색이 갈색이 되고 눈으로 봐도 얼마나 말랑한지 느껴질 정도가 되어도 감이 나무에 그대로 매달려 있다는 것이다.

감을 별로 좋아하진 않지만, 그래도 일 년에 한 번 딱 그 계절에 누릴 수 있는 일들은 빼놓지 않으려는 마음 때문에, 마트에서 감을 사 먹는 나로서는 집에 먹음직스런 감이 있는데 바로바로 따지 않는 이유를 알 수가 없다. 곶감도 만들고, 먹기도 하고, 음식에도 넣고(어린 장금이가 홍시 맛이 나서 홍시 맛이 난다고 한 그 음식이 무엇인지는 모르겠지만), 그러고도 남으면 냉동실에 얼려 홍시 아이스크림이나 감 셔벗을 만들어도 좋을 텐데. 감 따는 일에 이제는 흥미를 잃었거나 힘에 부쳐 그런 거라면, '원하는 사람 따 가세요' 하고 그 길을 오가는 사람들에게 체험의 재미를 넘겨주어도 좋으련만.

결국 익을 대로 익은 감들은 길가에 떨어져 처참히 뭉개지고, 나는 그 미끄덩거리는 걸 밟지 않기 위해, 봄이가 거기에 코를 들이밀지 않게 하기 위해, 그리고 혹시나 이제 막 떨어지고 있는 감을 맞는 불상사를 피하기 위해(전봇대 앞에 멈춰 선 봄이를 기다리다 새똥을 맞은 적도 있다 보니) 바닥도 보고 위도 보고 봄이도 보느라 정신이 없다.

그런 와중에 내 머릿속엔 한 사람이 떠오른다. '감나무'하면 조건반사처럼 생각나는 사람이 있는데, 예전에 다녔던 회사 대표다. 책도 만들고 잡지도 만들고 브로슈어나 사외보도 만들던 곳이었는데, 대표가 직접 책도 쓰고, 취재도 하고, 영업도 하고, 회계까지 다 맡느라 늘 종종댔다. 부모님이 내어 준 유학 자금으로 차린 회사라고 했다. 혼자 시작했을 회사에 직원이 여섯이나 늘었지만, 대표는 대표가 아닌 직원처럼 일하느라 정작 회사의 체계를 잡지 못했다. 일을 벌여도 자금이 돌지 않아서였는지 아니면 종종대느라 정말 깜빡해서였는지 월급은 늘 밀렸으며(직원들이 돌아가며 대표에게 "월급이 아직……"이라 말해야 했다), 대표가 마구잡이로 벌이는 일 때문에 우리 모두 과로 상태였다.

우리는 대표를 별로 좋아하지 않았다. 여러 이유가 있었지만 무엇보다 대표가 거짓말을 일삼는 사람이어서였다. 대표가 처음에 제안했던, 그러니까 입사 유인책이 되었던 일은 1년이 넘도록 시작될 기미조차 없었고, 대표는 전혀 다른 곳으로 가고 있으면서도 그 길 끝에 그 사탕이 있는 것처럼 매번 둘러댔다.

하루는 대표가 출근길에 감을 한 보따리 들고 와서는 우리에게 나눠주며 마당에 있는 감나무에서 딴 거라고 말했다. "어릴 때 내가 감을 먹고 씨를 마당에 버렸는데, 그게 자라 나무가 됐어." 대표는 사무실에 감이 떨어질라치면 다음 날 또 가져왔고, 휴게실에서 감을 꺼내 먹으며 이 말을 몇 번이고 반복했다. "내가 버린 씨가 나무가 됐어. 정말 재밌지 않아?"

흙에 버린 씨가 나무가 되다니. 그 말은 대표가 한 무수히 많은 거짓 약속처럼 허황되게만 들렸다.

이상하게도 나무의 시작이 씨앗이라는 사실은, 와닿지 않는다. 이렇게 큰 나무가 정말 작은 씨에서 시작되었단 말인가? 머릿속으로 흙을 뚫고 나온 초록 잎이 나무가 되는 과정을 몇 번 그려보았지만, 초록 줄기가 울퉁불퉁한 수피를 가진 갈색 줄기로 변하는 단계에서 번번이 막혀버렸다. 초록 줄기는 하늘을 뚫을 듯이 자랄지언정 갈색으로 변하지 못해 감의 씨앗은 감나무가 아니라 잭이 타고 올라간 콩

나무가 되고 말았다.

　그런데 흙에 떨어진 씨가 나무가 되는 일이, 놀랍게도 우리 집 마당에서 벌어지고 있다.

　셋이 나란히 있는 남천은 처음 올 적엔 키가 몹시 작았다. 정강이 높이만 한 건 그루당 1만 5천 원이었고, 허벅지 높이만 한 건 그루당 3만 원이었다. 당장 보기 좋은 화원을 가꾸려는 게 아니었으니 굳이 배로 값을 지불하며 큰 나무를 살 필요는 없었다. 정강이만 한 나무가 허벅지만 하게 자라는 건 오래 걸리지 않을 거라 여겼고, 정강이만 한 높이에서 가지도 잔뜩, 가지마다 잎도 잔뜩 달고 있던 나무를 서로 부딪치지 않게 간격을 주어 세 그루를 심었다. 바람대로 남천은 쑥쑥 자라 5년 사이 허벅지가 아닌 가슴께 높이가 되었다.

　그런데 아래쪽 줄기에 난 가지가 떨어지고 더는 새 줄기가 나지 않다 보니 적당히 벌려놓은 간격이 휑하게 느껴졌다. 대체로 남천은 무리를 이루고 있는데, 그게 눈에 익어서인지 그래야 보기가 좋은 듯했다. 정강이만 한 남천 두 그루를 사서 사이에 심을까 고민하던 차에, 남천 주변에 작은 풀이 돋아 있는 걸 발견했다.

어느 바람결에 안으로 들어온 씨가 자라난 듯했고, 이걸 두어야 할지 뽑아야 할지 고민하는데 잎 모양이 무척이나 낯익었다. 그리고 힌트처럼 그 옆에 동그란 까만 열매가 떨어져 있었다. 봄까지 잘 달려 있다가 여름 사이 하나둘 떨어지기 시작한 남천 열매였다. 그러니까 잡초인 줄 알았던 이 식물이 어리디어린 남천이었던 것이다!

"봤지? 씨가 나무가 되는 거야."

어디선가 이런 음성이 들리는 듯했고, 그럼에도 난 여전히 의심의 눈초리를 거두지는 못했다. 누가 남천 잎을 꺾어 흙에 슬쩍 심어놓은 것처럼 보이기도 했으니까. 하지만 그 싹(?)은 하루마다 알아보게 자랐고, 열흘쯤 지난 뒤 초록 줄기 아래로 갈색 줄기가 올라오기 시작했다. 갈색 줄기가.

그러니까 굵을 대로 굵어진 초록 줄기가 갈색 줄기로 변하는 단계 따위는 애초에 필요하지 않았던 것이다. 머리를 한 대 얻어맞은 듯했다.

"씨가 나무가 되는 거라니까."

내 상상력의 한계로 믿지 못했던 일을 이제는 믿을 수밖

에 없게 되었다. 씨가 나무가 되는 일을. 하긴 씨가 아니라면 무엇이 나무가 되겠는가.

요즘 들어 나는 내 세상이 매우 작은 데다 왜곡되어 있기까지 하다는 사실을 종종 깨닫는다. 내가 믿지 못해 너무 많은 것들을 밀어냈기 때문이다. 내가 모를 뿐 없지 않은 세상을 없다고 단정해 버렸기 때문이다.

남천의 꼭대기에는 올해의 열매가 빨갛게 익어가고 있고, 그 아래 흙엔 그사이 싹이 몇 개 더 났다. 열매에서 흙까지, 이 작은 마당 안에서 펼쳐지는 놀라운 우주 앞에 설 때마다 부끄러워 난 몹시도 붉어진다.

스노우도
사파이어도

있었어!

거실 식물들의 이름은 좀 어렵다. 일단 우리나라 말이 아닌 데다 길기도 하고 익숙지도 않다. 미안한 얘기지만 한동안 아레카야자를 이레카야자로 불렀다. 스'파티'필름도 스'타티'필름 혹은 스'타피'필름이라 부르기도 했다. 그에 비해 스노우사파이어는 이름이 쉽다. '스노우'도 '사파이어'도 아는 말이라 그럴 것이다. 어울리진 않는다고 생각

하면서도 어쨌든 그 이름만큼은 처음부터 제대로 불렀다.

나무들은 대체로 열매나 꽃 이름을 그대로 가진다. 앵두가 열려 앵두나무, 감이 열려 감나무, 병아리꽃이 피어 병아리꽃나무처럼 말이다. 반면 거실 식물들은 대체로 학명을 쓰는 듯하다. 스웨덴 식물학자 린네가 편의상 붙인 이름인데, 앞에는 속명(屬名)을, 뒤에는 종명(種名)을 쓰는 식이라서 학명을 알면 이 식물의 조상과 친척을 알 수 있다고들 말한다. 사람으로 따지면 성과 돌림자를 통해 관계와 위치를 알 수 있는 식이다. (스파티필름, 몬스테라, 알로카시아 등이 학명이란다.)

스노우사파이어도 진짜 이름은 길고 어렵다. '아글라오네마'로 시작하는 학명이 있는데, 이 종에 속하는 식물들은 그리스 여신 같은 그 이름은 쓱 뒤로 감추고, 잎의 모양과 색을 따 오로라, 엔젤사파이어, 실버 킹, 스노우사파이어 같은 저마다 개성 있는 이름으로 불리고 있다. 뿌리(?)가 어디에 있고, 같은 핏줄(?)을 가진 자가 누구인지 하는 것들보다 지금 어떤 가치를 갖고 어떤 방향으로 가려고 하는지가 그 존재를 제대로 말해준다고 생각하기 때문에, 학명 대신 스노우사파이어라는 이름으로 불리는 건 당연하다 싶다. 그 이름이 그런 것들을 말해주고 있는지 고개가 좀 갸웃거리긴 해도 말이다.

솔직히 짙은 초록 사이 박힌 흰 점은 아무리 봐도 눈꽃이나 보석처럼 보이진 않았으니, 너무 욕심을 부린 이름이다 싶어 가끔 코웃음을 짓기도 했다. 그런데 나도 스노우사파이어만큼이나 거창한 이름을 지은 적이 있다.

나는 내 이름을 좋아하지 않았다. 내 이름에 담긴 뜻은 '은혜를 싣는다'인데, 아이가 어떤 사람으로 자랐으면 좋겠다는 마음보다는 아이가 나(부모)에게 어떤 존재가 되었으면 좋겠다는 마음이 담긴 이름이었기 때문이다. 어릴 때부터 귀에 못이 박이도록 들은 이야기 중 하나. 엄마가 난소 물혹 제거 수술을 받아 더는 아이를 못 가질 줄 알았는데 하느님이 나를 보내주셔서, 그러니까 엄마는 믿고 나는 믿지 않는 하느님의 은혜 덕분에 내가 이 세상에 나올 수 있었다는 것과, 나를 제왕절개로 낳는 바람에 몸이 많이 야윈 자신에게 나는 은혜를 갚아야 하는 존재라는 것이었다. 그런 이야기를 들을 때마다 나는 내 이름이 무겁고 좀 아팠다.

그러다 스물이 지나고, 자기가 선택하지 않은 걸 달갑게 받아들이지 못하는 성격의 친구들끼리 어울린 덕분에, 우리도 어른이 되었으니 자기 이름은 스스로 뜻을 담아 지어야 하는 게 아니냐는 의견이 모아졌다. 차마 개명 신청을 할 용기들은 없었고 그저 우리끼리 불러주자는 것이었지만, 이름을 짓는 일은 자신의 미래를 결정짓는 일처럼 느껴졌다.

그때 내가 지은 이름은 '해민'이었다. 바다 해(海), 가을 하늘 민(旻). 내가 동경했던 것들을 모두 담아 욕심껏 만든 이름이었다. 한결같으면서도 새로워지고 싶었고, 너르면서 맑고 깊은 사람이 되고 싶었다. 휘몰아치는 열정과 오롯한 눈부심과 고고한 고독도 흠모했다. 자유와 평온도 품고 싶었다. 그때의 나와는 정반대편에 있는 것들이었다.

원래 이름이 입에 배기도 했고, 딱 우리끼리만 있는 경우가 별로 없다 보니 벅찬 마음으로 지은 그 이름들은 정작 많이 불리지는 못했고, 편지를 쓸 때나 사용했는데(매일 보는 사이였지만 속 깊은 편지를 종종 썼다), 친구가 지은 새 이름으로 시작하는 편지는 응원이자 축원이 되었고, 내가 지은 새 이름으로 끝을 맺으면 그 안에 담긴 시시콜콜한 이야기들조차 세상 간절한 고백이 되는 듯했다. 우리는 그렇게 자신이 이런 사람이 되고 싶다고 자꾸만 되뇌었고, 너는 그런 사람이 될 수 있다고 진심으로 빌어주었다. 하지만 결국 그 친구들과 뿔뿔이 흩어지며 2년 남짓 '해민이가'라고 쓴 수많은 말들은 그저 공허한 해프닝이 되어버렸다. 나는 '해민'이라는 이름을 내려놓았다. 어쩌면 그때 내 자신에게도 코웃음을 쳤는지 모른다.

그리고 20년도 더 지난 지금에서야 후회를 하게 되었다. 그 이름을 나라도 계속 불러줬다면, 아주 조금이라도 그 닮은 사람쯤은 되어 있지 않았을까, 그 이름이 주문이 되어 나를 그런 방향으로 이끌어주지 않았을까 하는 생각이 든 것이다.

어느 날 계단을 내려오다 아래에서 뭔가가 반짝인다는 느낌을 받았다. 마침 안경을 쓰고 있지 않아 사물이 뿌옇게 번지는 바람에, 하얀 것들이 부서지는 듯했고, 잠시 후 거짓말처럼 해가 비쳐 부서진 흰빛에 눈이 부셨다. 겨울날 남천 잎에서 반짝이던 눈꽃 같았고, 여름날 유리구슬에서 반사되던 영롱한 빛 같았다. 빛을 내뿜던 건 바로 스노우사파이어였다. 점점이 박힌 흰 무늬가 정말로 '스노우'이기도 '사파이어'이기도 했던 것이다.

여태 그것이 갖고 있던 눈과 보석을 몰라보고 코웃음을 지었던 것이 민망했고, 이름을 증명하기 위해 애썼을 날들이 되짚어져 좀 숙연해졌다. 어쩌면 나와 달리 그때의 친구들은 그 이름들이 되었을지도 모른다는 생각도 들었다. 그리하여 '이지'는 삶이 좀 쉬워졌고, '여름'은 뜨겁고 눈부신 사랑을 했으며, '아회'는 지금쯤 모든 자기를 다 모았을지도.

아주 오랜만에 '해민'이라는 이름을 불러보았다. 어색한 떨림 사이로 바다나 하늘처럼 무한해지고 싶었던 꿈이 담긴 하루와 그 하루가 무한했던 날들이 새삼 떠올랐다. 너르면서 맑고 깊은 사람, 휘몰아치는 열정과 오롯한 눈부심과 고고한 고독을 간직한 사람. 지금의 난, 내가 원했던 방향을 잊었기 때문만은 아니겠지만, 그 이름을 흠모했던 그날들보다 오히려 더 반대편으로 멀어져 있단 생각에 잠시 서글퍼졌다.

이제는 나만 알고 나만 부르게 될 그 이름을 뒤늦게나마

다시 손에 꼭 쥔 건, 여전히 그런 걸 흠모해서는 아니다. 아플 만큼 고개를 꺾어 바라보는 일은 이제 힘이 드니까. 겨우 초점을 맞춘 내 발과 길의 풍경에서 다시 시선을 떼고 싶지도 않으니까.

하지만 의미는 얼마든지 다시 찾을 수 있으니, 일단 내 이름에 실었다. 좋아하지 않았으나 결국 이제껏 내 삶을 책임지며 내걸었던 내 이름에 말이다. 그리고 내가 신고 온 은혜란 것들도 찬찬히 살펴보았다. 이것이 아무것도 부정하지 않고 다시 내가 되는 방법이란 생각이 들었다. 바다도 되고 하늘도 되는 일은, 무겁기만 했던 뜻을, 신을 들먹인 마음을, 가만히 들을 줄 아는 데서 시작되는 거라고. 어느 날의 불행과 용기가 은혜였음을 아는 데서 나아가게 되는 거라고. 그래도 세월을 헛산 건 아니구나 싶어 조금 안도감이 든다.

결국엔 내 수레에 실린 것들 덕분에, 언젠가 내 안의 눈과 보석이, 하늘과 바다가 드러나 빛날 거라 믿어보기로 했다. 이젠 코웃음 따위는 짓지 않을 것이다.

잎의 수를 세는

마음

"하나, 둘, 셋, 넷……."

수를 세는 입꼬리가 나도 모르게 귀에 걸렸다.

누가 보면 통장에 찍힌 돈의 자릿수라도 세는 줄 알겠네 싶어 내 자신도 좀 어이가 없지만, 생각지 않은 돈이 생긴 것만큼이나 기분이 좋은 건 사실이다.

내가 세는 대상은, 거실 식물들의 잎이다. 겨울과 봄을 지나는 내내 열하나이던 것이 고작 두어 달 만에 열일곱이, 열여섯은 스물여덟이 되었다. 겨우 여름을 지나왔을 뿐인데 이렇게나 달라질 수 있다는 게 새삼 놀랍다. 한편으론 매번 기회였을 여름을 놓쳤다는 생각에 자책감도 인다.

수를 세는 일은, 봄에 시작된 습관이다. 하지만 처음 이 일을 할 때와 지금은 표정과 목소리 톤이 정반대다. 처음엔 (그리고 그 후로 오랫동안) 손보다 눈이 빨랐고 눈이 이미 센 수를 입이 천천히 따라가는 사이 기운이 빠져 어김없이 한숨으로 끝이 났다면, 지금은 신나서 점점 속도가 붙는 손과 입을 눈이 따라가느라 정신이 없고, 눈이 채 따라잡기도 전에 입에선 어김없이 웃음이 흘러나온다. 혹시나 하던 기대이거나 더 잃을까 하는 불안으로 시작된 이 확인 작업이, 감사하게도 반짝이는 감탄으로 이어진 것이다.

가을을 이끌고 온 여러 날의 비를 피해 식물들은 마당 여행을 끝내고 계단 아래 자리로 돌아왔다. 얼마나 멋진 여행이었기에 저리도 무성해졌을까. 새잎이 올라올 때마다 감탄을 쏟아놓고선 새삼스레 또 혀를 내두른다.

여행에는 그런 힘이 있다. 익숙한 것을 낯설게 보게 하는 힘. 낯선 것을 익숙하게 만들어버리는 힘. 그래서 아이처럼 뭐든 배우려는 마음이 되게 하고, 반짝거리는 눈으로 더 많이 바라보려 하며, 한편으론 큰일도 대수롭지 않게 구는 대범함을 갖게 하여 성큼 걸어가게 하는.

그런 상황에 이르면 정작 그곳으로 떠나게 한 갈망이나 채워야 했던 결핍은 중요하지 않아진다. 나 역시 고대 유적 사이로 쏟아지는 햇살, 온 마을이 들썩이는 축제의 한낮, 온몸의 물기를 다 날려줄 사막의 열기를 갈망하여 떠났으나, 정작 내 걸음에 힘을 실어준 건 그 태양들이 아니라 막막하고 두렵던 (익숙하다 여겼으나 낯설었던) 마음이 고작 (낯설다고 여겼으나 익숙했던) 달콤한 과일 한 조각으로 아무렇지 않아지는 마법 같은 순간들이었다.

그 순간들이 오래도록 남아 일상에서 과일 한 조각을 발견하는 마음으로 발아했다. 그래서 이런저런 이유로 더는 낯선 곳에 오래 나를 홀로 두는 일을 할 수 없게 되었지만, 그런 건 아무래도 상관없다고(정말?) 말하게 되었다. 잎의 수를 세며 행복해하는 일로도 충분하다고.

그야말로 폭풍 성장을 하느라 애쓴 식물들에게 넉넉하

지만 부담스럽진 않은 새 공간을 마련해 주었다. 그리고 가위를 꺼내왔다. 실은 스파티필름 스물여덟 장의 잎 중 셋이 옆구리가 거멨다. 지난겨울 창문을 열고 외출하는 바람에 냉해를 입은 탓이었다. (그러니까 열여섯일 때도 셋은 옆구리가 거멨다.) 그래도 더는 시들지 않고 검은 흉터를 가진 채 초록을 지켜오더니, 결국 셋 중 둘이 시들었다.

시든 잎을 편안하게 잘라낸 건 처음이었다. 내가 거실 식물을 '초록'이라고 부르지만, 모든 잎이 계속 초록일 수만은 없다. 새로운 잎이 나듯 오래된 잎이 시드는 건 자연스러운 일이다. 그럼에도 지금껏 잎이 시드는 걸 모두 내 탓으로만 여겨왔다. 내가 만든 결핍 때문이라고 자책했다.

전과 달리 가위를 든 손이 무겁지 않았던 건 잎이 많아져서가 아니라, 냉해 입은 잎들이 검은 흉터를 달고서라도 여름을 보냈기 때문이다. 긴 여행을 마치고 돌아왔기 때문이다. 그러고서야 누렇게 변한 잎 둘이, 여전히 초록을 지키고 있는 잎 하나가 전전긍긍하던 나의 태도를 달래준 것이다. 실컷 해를 보고 별도 달도 만났으니 되었다고 말하는 잎 둘이, 이제 결핍은 문제가 되지 않는다고 말하는 잎 하나가, 그들이 떠나거나 남는 일에서 내가 만든 무게를 덜어준 것이다.

처음엔 미련이었고, 어쩌면 회피였고, 그다음엔 오기였던, 결국엔 나의 자책으로 비롯된 그들의 여행으로 나도 또한 걸음 나아가게 되었다.

추분이 지난 지는 한참이고, 해가 지나는 각도가 이미 꽤나 기울어졌으니 우리 집 식물들은 가을은 짧고 겨울이 성큼 오리란 것을 누구보다 실감할 것이다. 하지만 마당 여행을 통해 일상에서 과일 한 조각을 발견하는 마음을 얻었을 테니 결핍은 그리 큰 문제가 되지 않을 것이다. 이제 나의 자책도 필요치 않다.

버릴 건 덜어내고 즐길 힘도 얻었으니 제법 가뿐한 마음으로 우리는 이 짧은 가을을, 다가올 겨울을 잘 지낼 수 있으리라 믿는다. 그러는 사이 열일곱은 열여섯이, 스물여섯은 스물넷이 될 수도 있겠지만, 이제 그런 일들 앞에 굳은 얼굴이 되지 않을 자신도 있다.

"……스물다섯, ……스물여섯."
그제야 정신없던 속도가 늦춰지고, 수를 세는 손과 눈에 정성이 담긴다. 고마움에 대한 답례인 양.

철없던 감탄은 감동이 되었다. 이제 그들에게 자책이 아닌 진짜 달콤한 과일을 내밀고 싶다.

인생 그래프는
마치 무늬아이비

잎
처
럼

우리 집 무늬아이비는 이름과 달리 잎에 따라 무늬가 있기
도 하고 없기도 하다. 무늬가 있더라도 모양이 다 다르다.
여러 아이비 종류 가운데 테두리에 하얀 무늬가 있어 무늬
아이비 혹은 반딧불이아이비로 불리는데, 이 무늬는 햇빛
의 양에 따라 달라진다고 한다. 그러니까 해를 못 보면 흰
무늬가 생기지 않는 것이다. 그래서 잎의 모양을 보면 아이

비가 살고 있는 환경을 가늠할 수 있다. 이름은 무늬아이비지만 도통 해를 보지 못해 무늬를 갖지 못한 불쌍한 무늬아이비도 종종 보인다.

그렇구나 하고 넘어갈 수 있지만, 분명 이상한 점이 있다. 같은 화분에 앉아 똑같이 해를 쬐었는데, 왜 우리 집 아이비는 잎마다 모양이 다른 걸까. 고작 2~3센티미터 거리에 무슨 차이가 생긴다고. 게다가 이 점이 의아해 화분을 주기적으로 돌려 놓아봤지만, 무늬 없이 자라는 잎과 하얀 무늬가 생기는 잎이 줄기마다 달리는 건 여전했다.

스킨답서스도 잎에 무늬가 있다. 아니, 있었다. 처음 데려왔을 때는 흰색이 붓 자국처럼 초록 위에 그려져 있었는데(아마도 스킨답서스 엔조이였던 듯하다), 몇 개월 사이 무늬가 거의 다 사라져 버렸다. 해를 많이 쬐지 못해서일 텐데 햇빛과 상관없이 너무 잘 자라 여름날 마당 여행도 제외시킨 아이다. 작은 공간에 맞춰 낮은 가구만 둔 터라 더 높은 장소도 없어(처음엔 바닥에, 그다음엔 낮은 의자 위에, 지금은 테이블 위에 두었다) 이제 줄기가 벽을 휘감도록 해야 하는지, 가벼운 화분에 옮겨 천장에 매달아야 하는지 고민할 정도다. 어쨌든 스킨답서스는 무늬가 사라졌고, 그건 어느 잎에든 예외가 없다. 잎 사이 간격은 아이비보다 더 넓은데도 말이다.

지난날이 어땠든 지금의 모습만 드러내는 여느 식물들과 달리, 무늬아이비는 지나온 시간을 잊지 않는 걸까. 아니면 결핍되었던 시간과 찬란했던 시간을 각각 분담하여 박제해 놓기로 한 건가. 아니, 매일의 날들을 정직하고 세심하게 표현하기로 한 건가. '오늘'에는 눈부셨던 오후와 막막한 저녁이 공존하니까. 환하게 웃었던 얼굴과 이유 없이 그늘졌던 얼굴이 모두 담기니까. 모든 날들에, 좋은 일만 또는 그렇지 않은 일만 있는 건 아니니까.

그러고 보니 한 줄기에 짙은 초록과 조금 옅은 초록이, 테두리가 적당히 흰 잎과 초록이 거의 보이지 않을 만큼 흰 잎이 조르르 달려 있는 모습은, 내가 생각하는 인생 그래프와 닮았다.

예전에 인생 그래프라는 것을 그려볼 기회가 있었다. 인생 그래프는 지금까지의 시간을 그래프로 표현해, 삶을 돌아보고 자신을 이해해 보는 미술치료이다. 아마 한 번쯤은 들어봤거나 직접 그려본 적이 있을 것이다. 삶에 영향을 미

오늘 에는
눈무셨던 오후와
막막한 저녁이
공존하니까.

모든 날들에,
좋은 일만 또는
그렇지 않은 일만
있는 건
아니니까.

친 사건과 그때의 긍정적인 혹은 부정적인 느낌을 숫자로 표현하는 방식이라, 그래프를 그리려면 일단 기준점을 세우기 위해 인생의 최저점을 찍은 순간과 최고점을 찍은 순간을 정해야 한다.

그런데 나는 이 지점을 정하기가 쉽지 않았다. 가장 불행했던 순간과 가장 행복했던 순간을 정하기 위해 (얼마 되지 않은) 인생을 찬찬히 훑었지만, '가장'이라는 수식을 붙이기에 적합한 순간(순간이라기보다는 시절이라 표현하는 것이 맞겠다. 과거는 대체로 어느 날이 아니라 그런 날들로 기억되니까)을 꼽기가 어려웠다.

몹시도 우울하고 힘들었던 날들은 정말이지 너무도 많다. 하지만 그 어떤 날도 '가장' 불행했던 날로 꼽을 수는 없었다. 우울했지만, 막막했지만, 절망적이었지만, 그렇다고 불행하지만은 않았던 것 같다. 우울은 이미 익숙했으니 새삼 불행할 이유는 될 수 없었다. 우울은 내 언어의 빛깔의 토대가 되기도 했다. 막막하고 절망적이었지만 답이 없던 순간은 없었다. 결국 나는 최저점과 최고점을 정하지 못해, 인생 그래프 그리기를 포기했다. '가장' 불행했던 순간을 꼽기는커녕 불행하기만 했던 시간은 없었다는 생각이

들었다. '가장'이란 말을 붙일 만큼 행복하기만 했던 날 역시도.

어떤 순간들에도 나는 산책을 하고 밥을 먹고 일기를 썼다. 어떤 순간에든 불행을 상쇄해 주는 행복이, 행복에 취하지 않게 하는 불행이 있었다. 모든 날들엔 웃는 나와 우는 내가 같이 있다. 조금 크게 웃거나 조금 많이 울거나 할 뿐이다.

내가 생각하는 인생 그래프(?)는 x축 0에서 각각 아래위로 선을 뻗은 모양이다. 제각각인 무늬아이비 잎처럼 선의 길이는 다 다르지만, 크게 차이가 나지는 않는다. 중요한 건 플러스와 마이너스를 계산해 많은 쪽만 남기지는 않는 것이다. 플러스 방향은 플러스 방향대로, 마이너스는 또 그대로, 양방향으로 선이 다 있다. 불행만 행복만 존재하는 때란 건 없으니까.

모든 날들은 그저 무늬가 다를 뿐이란 생각이 든다. 초록은 초록대로 흰 무늬는 또 그 나름대로 의미가 있다. 서로 다른 무늬가 어우러져 한 줄기에 달린 것이, 정말이지 맘에 든다. 이제 나는 모든 무늬가 '아름다웠다'고 말하는 사람이 되었다. 하지만 '아름답다'고 말할 수 있는 사람이 되기까지는 시간이 더, 필요하다. 그래도 울기만 하는 날들이 초록으로 대변되는 건 다행이다. 나는 반딧불이 밝혀진 듯한 흰 무늬보다는 초록을 더 사랑하니까. 그런 시선으로 그 시간들을 바라본다면 저절로 아름답다는 말이 입에서 튀어나올지도 모르겠다.

오늘도 나는 산책을 하고 밥을 먹고 일기를 썼다. 무늬아이비는 여전히 하얗고 초록이다.

비워지면,
비로소 드러나는

풍
경

잎이 떨어지기 시작할 무렵이면, 역시나 책 한 권을 주머니에 찔러 넣고 뒷산 산책로로 향한다. 아직은 마당에 두어 시간쯤 해가 들지만, 이불에게 그 해를 양보하고 대인배의 뒷모습으로 집을 나서는데, 정오가 훨씬 지난 때라면 산책로에 오히려 해가 없지만 그런 건 아무래도 상관없다. 이맘때 내가 찾는 건 해가 아니기 때문이다.

산책로에 도착해서는 커다란 벚나무가 시야를 꽉 채우는 벤치에 앉아(봄이 올 무렵 주로 앉던 그 자리다) 시선을 가지 사이 잎들에 둔다. 벚나무 잎은 노란빛 또는 노란빛이 감도는 예쁜 다홍색으로 물드는데, 내가 보는 아래쪽에서는 겹겹이 쌓인 탓에 좀 칙칙한 갈색이다. 하지만 실망할 필요는 없다. 내가 보려는 건 단풍 든 잎이 아니니까.

이제 내가 할 일은 기다리는 것이다. 운이 좋다면 금세, 그게 아니더라도 그리 오래 걸리지 않아 이맘때만 볼 수 있는 장면을 감상할 수 있다. 시작을 알리는 건 바람이다. 그에 맞춰 사락사락 가지가 흔들리고, 검붉은 잎이 드디어 툭, 떨어진다. 그리고 그와 동시에 잎의 크기만큼 시야가 환해지며 잎으로 가려졌던 자리에 눈부시게 맑고 깊은(아, 내가 가진 단어가 너무 부족하다) 하늘이 드러난다.

맞다. 내가 보려는 것은 비움으로 드러나는 먼 풍경이다. 빈산과 하늘 같은, 더 멀고 넓게 드러나는 그림. 채워졌기 때문에 알 수 없던, 비워져야만 보이는 새로운 그림 말이다. (물론 힌트처럼 이미 새 그림은 그려지고 있다. 그래서 운이 나빠 잎이 하나도 떨어지지 않는 날에도, 잎 너머의 풍경을 바라볼 줄만 안다면 새 그림은 볼 수 있다.)

사실 겨울이면 빈 가지와 그 너머에 있는 빈산은 당연한 풍경인데, 그때라도 시선은 대체로 앙상한 가지에 머문다. 거기에 잎이 필 날만 기다리고, 채워진 뒤에는 그 너머의 풍경은 알지 못한 채 잎에만 골몰하고 만다. 하지만 이렇게 비워지고 그래야만 드러나는 풍경을 마주하게 되면, 잎이 아니라 그 너머 빈산에 집중하는 법을, 놓아버려야만 알 수 있는 것들이 있음을 배우게 된다. 나는 뭐든 겪어야만 오래 잊지 않고 기억하는 편이라, 애써 이런 시간을 보내는 모양이다.

한 개그맨 때문에 최근 유행이 되기도 한, 철이 없다는 말. 사리를 분별하는 힘을 말하는 '철'은 계절을 뜻한다고 한다. 그러니까 철이 없다는 건 계절의 변화와 상관없이 살아간다는 거고, 비로소 철이 든다는 건, 계절에 따라 해야 할 것들을 알고 살아간다는 얘기다.

버릴 건 버렸다고 생각하지만 불온한 마음은 대상도 이름도 달리하여 매번 새롭게 생겨나니까, 놓겠다고 다짐해 놓고도 그러지 못하는 마음들은 여전히 많으니까, 잃고 싶지 않지만 잃게 되는 것들에 아직 의연하지 못하니까, 철이 들려면 이런 시간이, 이런 연습이 필요한 듯하다.

어쩌면 이 계절이, 철들기가 가장 쉬운 때인지도 모른다. 계절에 따라 해야 할 것이라고는, 검붉은 잎 바탕의 그림 퍼즐을 그저 하나씩 떼어내는 것뿐이니까. 아니, 스스로 떼어지는 걸 그냥 바라보기만 해도 되니까.

중요한 건 그 아래 새로 드러나는 그림을 내가 만들지 않아도 된다는 것이다. 그저 조각이 하나씩 떨어지면 그 뒤에 새로운 그림이 있다는 것을 믿는 것으로, 그 그림을 바라볼 줄 아는 것만으로도, 철이 들어가는 날들이다.

남겨진 사람에서 남은

사람으로

내가 가진 책 가운데 30년도 더 된 책이 하나 있다. 바로 『돈 후앙의 가르침』, 1988년 2쇄본이다. 책장은 누렇고, 글자는 작아서 조금만 보고 있어도 눈이 아파 지금은 읽지 않는다. 요즘 내가 찾아 읽는 책들과 결이 달라 손이 가지 않는 탓도 있다. 나는 한 번씩 책 정리를 하는데, 그때마다 이 책을 두고 고민이 길어진다. 내 기준에서라면 더는 자리를 차지하고 있으면 안 되건만, 이 책은 또 남는다.

　이 책이 내게 온 건, 나에 대해, 내 삶에 대해, 내가 살아가야 할 날들에 대해 무수히 많은 질문을 짊어지고 휘청이던 때였다. 답을 알 수 없어 주저앉은 내게 한 친구가 이 책을 쥐어 줬다. (그해 바로 전, 나를 이 친구에게 이끌어준 선배에게서도 이 책을 받았다. 당시 유행한 책도 아닌데, 내 인생에 가장 큰 흔적을 남긴 두 사람이 약속이나 한 듯 이 책을 권했다는 게 신기하다. 지금 내가 갖고 있는 건 친구의 것이다.)

　한 인류학자가 용설란이라는 약초에 대해 알기 위해 여행을 떠나고, 야키 원주민 부족 남자인 후앙을 만나 가르침을 받는 과정을 그린 책인데, 그 과정이란 것이 일상적이지 않은 데다 샤머니즘적 성격이 있어 당시에도 거부감이 좀 들었다. 하지만 돌려보내지 않고 자꾸만 다시 시도했던 건 뒤표지에 적힌 글 때문이었다.

　"어떠한 길도 하나의 길에 불과한 것이며 너의 마음이 원치 않는다면 그 길을 버리는 것은 너에게나 다른 이에게나 전혀 무례한 일이 아니다. 모든 길을 항상 가까이, 세밀히 관찰하라. 필요하다고 생각되면 몇 번이고 시도하라.

그리고 오직 네 자신에게만 조용히 이 한 가지를 물어보라. '이 길에 마음이 담겨 있느냐?' 그렇다면 그 길은 좋은 길이고, 그렇지 않다면 그 길은 소용이 없다.”

후앙이 인류학자를 제자로 받아들이기 위해 테스트를 하나 하는데, 앞마당에서 유독 행복한 기운이 느껴지는 '자리'를 찾으라는 것이었다. 인류학자는 후앙이 말한 자리란 게 무언지 도무지 알 수 없었고, 그저 자신을 돌려보내려는 핑계 같아 화가 났지만, 일단 앞마당을 거닐었다. 여기도 앉아보고, 저기도 앉아보고, 누워도 보고 뒹굴어도 보면서. 밤새 앞마당을 자리마다 느끼고 살피던 인류학자는 결국 그 '자리'를 찾아낸다. 그러니까 나는 이 책으로 길이란 건 어떻게 찾아야 하는지를 배웠다고 할 수 있다.

내게 이 책을 쥐여 준 친구는, 늘 내게 많은 자극을 주었다. 그 자극들 덕분에 좀 한심한 청춘이었던 나는 무엇이든 해보자는 마음을 먹을 수 있었다. 그 친구도 나처럼 '모른다'고 생각하는 부류였지만, 나와 달리 걸음이 가볍고 경쾌했다. 그 친구 옆에서라면 내 길을 찾는 건 어려운 일이 아닐 것 같았고, 그 친구에게서 이외에도 많은 삶의 방법을 배울 수 있을 것 같았다. 실제로 그 친구 덕분에 마음이 원치 않는 걸 버리는 것쯤은 할 수 있게 되었다.

그런데 나도 조금은 가벼워졌다고 흐뭇해할 즈음, 불현듯 친구가 구도자의 길에 대해 얘기를 꺼냈다. 각자 여행을 다녀왔고, 이후 나는 사진을, 친구는 미술치료를 배우러 다시 학업을 준비할 때였다. 친구는 이번에도 일단 해보자는 것이었다. 마음이 평온해지는 가장 확실한 방법인지 확인해 보고 싶어 했다. 어쩌면 결국엔 그 길을 두고 멀리 돌고 있는지도 모른다고 했다. 주저하는 나를 두고, 친구는 여행 중에 만나 알게 된 스님이 계신 절로 갔다.

다음 해 가을, 친구를 신촌의 한 찻집에서 만났다. 그때가 친구를 본 마지막이었다. 머리를 깎고 회색 승복을 입고 있는 친구에게 왠지 나는 말을 놓을 수 없었다. 친구도 내게 존댓말을 했다. 개구쟁이 같던 얼굴엔 낯선 미소가 피어 있었다. 친구는 정말로 '자리'를 찾은 듯했다. 친구가 내게도 그 길을 권했으나 나는 친구를 따라나서진 못했다. 결국 친구는 떠났고, 나는 남겨졌다.

한동안 친구는 편지를 보내주었다. 수덕사 승가대학에 들어간 뒤엔 힘든 하루가 담기는 구절도 있었으나, 그녀의 삶은 정말 평온해 보였다. 그러면서도 매번 새로운 얘기가 담겼다.

나도 열심히 친구에게 편지를 썼다. 평온하진 않았지만, 그렇다고 새롭지 않은 건 아니었다. 내 편지에도 새로운 이야기들이 조금씩 늘어갔다. 새로 발견한 마음, 새로 발견한 자신, 새로워진 시간. 그렇게 나는 남겨진 게 아니라 남은 사람이 되어갔다. 편지는 내가 남은 이유들로 채워졌다. 제법 이곳도 괜찮은 자리였다. 어쩌면 내, 자리였다.

은행나무를 볼 때면 이제는 연락이 끊긴 그 친구에 대한 마음이 유독 깊어진다. 친구에게 이 책을 받은 곳도, 친구와 많은 이야기를 나눈 곳도, 스님이 된 친구에게 마지막 인사를 했던 곳도 모두 노란 은행나무 아래서였기 때문이다.

사실 이 책에는 그날들을 상징하는 은행나무 잎들이 들어 있다. 남겨진 사람에서 남은 사람이 되어간 날들과, 그것을 알게 해준 친구에 대한 고마움이.

어쩌면 마음이 원치 않는 걸 버리는 대신, 버리지 않기 위해 마음을 담는 법을 연습해 온 시간이었는지도 모른다.

그렇더라도 나는 결국 내 자리를 찾은 사람이 되었다고 생각한다. 더 이상 뒤표지 문구에 마음이 흔들리지도, 인류학자의 여행이 어떻게 되었는지 궁금하지도 않지만, 이 책은 내 책장에 계속 남을 것이다. 그리고 매년, 결국엔 남은 이유였고 내 자리의 이야기이기도 한, 그해의 은행잎을 넣기 위해 이 책을 펼칠 것이다.

그렇게 마음은 담기고, 나의 이유들은 계속 새로워질 것이다.

겨울을
기다리는

이
유

'잃다'를 뜻하는 영어 단어 'lose'의 어원이 '군대를 해산한다'는 뜻의 고대 노르드어 'los'라는 글을 읽은 적이 있다. 이 책(『길 잃기 안내서』)에서 작가는 "이 어원에서는 병사들이 대형으로부터 떨어져 나와 집으로 돌아가는 모습, 더 넓은 세상과 휴전을 맺는 모습이 상상된다"고 했다. 이 글을 읽은 이후 나무가 내내 붙잡고 있던 초록을, 초록을 잃

은 잎을, 그렇게 잃는 모습을 보면, 나 역시 전쟁 같은 한 시절을 마치고 집으로 돌아가는 병사들을 상상하게 된다.

휴전 선포는, 늘 갑작스럽게 들려온다. 초록은 어느 날 하루아침에 돌아가 버리고, 잎들은 하나의 이념으로 끈끈하게 결속해야 했던 사명감을 내려놓고, 그날들에 대해 저마다의 이야기를 털어놓느라 소란스럽다. 나는 동지라 여겼으나, 전우는 되지 못한 탓에 이들의 이야기에 끼지 못하고, 초록이 떠난 방향을 황망히 바라보다 내내 움켜쥐고 있던 것을 놓고 손을 흔들 뿐이다.

어쨌든 휴전된 세상은 평화롭다. 그리고 더 넓어졌다. 하나의 능선이던 것이 은행나무로, 상수리나무로, 단풍나무로 분리되는데, 오히려 그런 세상이 더 넓어 보인다.

하지만 소란스럽던 이야기도, 평화의 퍼레이드도 아쉽도록 짧기만 하다. 잎마저 돌아가면, 나는 초록에게 하지 못한 배웅을 이번엔 제대로 하겠다며, 부지런히 그들을 쓸어 흙 위에 놓아준다. 굳이 집 앞까지 따라가 안으로 들어가는 걸 보고서야 놓이는 마음 같은 거다. 그나저나 잎은 흙으로, 뿌리로 돌아간다지만(정말 그런가?), 초록은 어디

로 갔을까?

배웅은, 어쩔 수 없이 쓸쓸해지는 일이라 시무룩한 얼굴이 되어 집 안으로 들어오는데, 초록들과 눈이 마주친다. 내가 또 우울해질까 봐 그러다 무기력해질까 봐 바짝 긴장한 눈빛들이다. 반짝이는 이 초록들은, 어떤 시절과 싸우기 위해서가 아니라 나를 지키기 위해 차마 돌아가지 못하는 병사들 같다. 나는 이들과도 동지일지언정, 전우는 되지 못하는 모양이다.

안심하라는 듯 웃고는, 그 옆에 앉아 함께 마당의 나무가 잎들을 모두 떠나보내는 것을 바라본다. 그러고는 이들에게 비밀 하나를 말해준다.

"사실은 이번 겨울을 몹시 기다리고 있어."

마당에 있다 돌아간 초록들이, 잎들이 보낼 시간을 들려준다. 나무들 안에 이미 빼곡히 자리하고 있을 꽃눈들에 대해서도 알려준다. 아직은 뿌리가 단단하지 못해 여름에 힘겨워했던, 그래서 겨울이 꼭 필요한 수국 얘기도 전해준다. 그러고도 겨울을 기다리는 이유는 또 있을 것이다. 아, 아직은 몹시도 초라한 내 언어 나무도 겨울이 필요하다.

나무는 초록을 잃은 뒤 이제 깊어질 것이다. 나는 거실의 초록들과 서로를 지키며 돌아간 잎들이 돌아오는 날을 기다리겠지.

때마침 빛이 들어온다. 우린 또다시 함께 해를 쬐며 마주 보고 웃는다. 잃고 지키면서 가을을 보낸다. 다시 겨울이다. 아니, 새로운 겨울이다.

1도만큼의 여행

우주와 내가 연결되어 있다는 생각을 하면 기분이 묘해진다. 너무 치졸하고 보잘것없는 내가 우주를 들먹이는 게 우습기도 하지만, 나는 계절 안에 살고 있고 그건 지구가 태양을 도는 여행에 속해 있다는 거니까, 우주를 떠돌던 별의 일부였을 수십억 년 전의 기억을 끄집어내지 않더라도 내 삶이 우주와 연결되어 있다는 건 엄연한 사실이다.

이 글을 쓰는 동안, 아니 이 글을 쓰기 시작한 덕분에, 나는 그 어느 때보다 내가 우주의 한 존재라는 걸 오롯이 느꼈다. 계절을 느끼며 살아가는 건 그런 사실을 잊지 않는 것과 같다. 그리고 그런 자각은 비슷하다 못해 지긋해질 수 있는 하루를, 그런 하루를 살아가는 내 자신을, 아주 조금은 특별하게 만든다. 늘 하는 아침 세수나 산책, 커피 한 모금 같은 것들이 1도만큼의 이동을 이루는 에너지로 여겨지기 때문이다.

　직선이 아닌 원의 궤도를 그리는 여행에서 1도씩 나아가는 일은 생각보다 쉽지 않다. 어릴 적 컴퍼스로 원을 그릴 때도 그랬다. 중심이 흔들리든 중심과의 거리를 제대로 유지하지 못하든 해서 원은 곧잘 틀어졌다. 원을 제대로 그리려면 중심도 나아가는 대상도 자기 위치에서 벗어나지 않아야 하며, 그러려면 간격을 유지하면서도 서로에게 기울어져 처음부터 끝까지 같은 힘을 주고 있어야 한다. 그러고서야 원 하나를 그리고 제자리로 돌아올 수 있다.
　어쩌면 처음으로 제법 괜찮은 원의 여행을 했는지도 모른다. 나무들이 안내해 준 덕분에 초록들이 중심을 잘 잡고 있어준 덕분에 매일 두 계절을 오가며 1도씩 나아갔고, 잘 돌아왔다.

　단정하듯 말한 마침표엔 사실 수많은 표정이 있다. 여기에 쓴 글은, 반은 실재고 반은 주문이다. 내가 그러하다는 인정 혹은 그런 사람이 되기를 바라는 염원. 그러니까 결국 온통 부끄러운 고백인지도 모른다. 나는 두 계절을 오가며 배운 것들로, 과연 깊어지고 피어나고 더해가고 지켜냈을까. 그런 날들이었을까.

배워가는 끝에는 내가 얼마나 보잘것없는지 깨닫는 순간이 있었다. 터널에서 나와 시작해 보자는 마음이 되었다가, 피어나는 봄에 마냥 행복했다가, 나도 좀 더하고 짙어졌다고 으쓱대었으나, 다시 붉은 얼굴로 종종 서 있었다. 그런데 붉은 얼굴로 서지 않았다면 나아질 수조차 없었을 테니 그건 또 다행이다 싶다.

다행히 기회는 계절처럼 돌아왔고, 원의 여행은 도착과 동시에 다시 시작된다. 시작점과 도착점이, 새로운 시작점도 그 도착점도 같지만, 그렇다고 이 여행이 뻔한 타임 루프 영화는 아니다. 우리는 아직 보지 못한 게 많다. 풀지 못한 숙제도 많다. 발견하지 못한 비밀도 많을 것이다. 그러니 중심을 다시 단단히 세우고 거리를 확인하며 걸음을 내딛는다.

나의 색을 지키고 더해가며, 피어나고 다시 비워내는 태도로 깊어지는 날들이 이어지기를. 내가 가꾸고 싶은 '글'

이라는 식물도 그러하기를. 그렇게 온전히 두 계절을 살아가며 배우기를. 이 글을 읽으며 같은 마음이 되어준 모두 역시 그러하기를.

마음속으로 힘주어, 그리고 따뜻한 온기를 담아 소리 내어 되뇌어 본다.

부디 우리 모두 "Good Luck!"

웅크린 나에게 식물이 말을 걸었다

초판 1쇄 인쇄 2022년 4월 22일
초판 1쇄 발행 2022년 4월 29일

지은이   정재은
일러스트   김푸른

펴낸이   한선화
책임편집   이미아
디자인   정정은
홍보   김혜진
마케팅   김수진

펴낸곳   앤의서재
출판등록   제2018-000344호
주소   서울 마포구 월드컵북로 400 5층 21호
전화   070-8670-0900
팩스   02-6280-0895
이메일   annesstudyroom@naver.com
블로그   blog.naver.com/annesstudyroom
인스타그램   @annes.library

ISBN   979-11-90710-37-4   03810

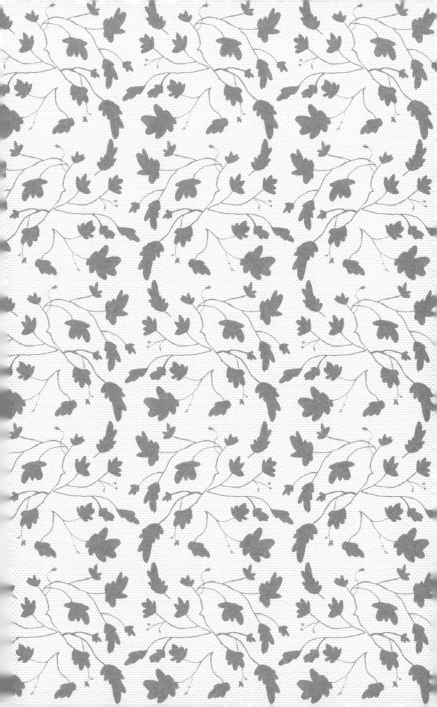